僕は明日、きみの心を叫ぶ。

灰芭まれ

STARTS
スターツ出版株式会社

人気者の鈴川《すずかわ》くんと、ひとりぼっちの私に共通点はひとつもない。
なかったはずなのに、
日向で笑うきみは日陰で泣く私のもとに、走ってきてくれた。
きみのおかげで私の世界は生まれ変わったんだ。
だから、私は今日も鈴川くんとの〝また明日〟を待っている。
――これは鈴川くんが起こした、三十七分間の奇跡のお話。

目次

僕は明日、きみの心を叫ぶ。

第一章　ひとりぼっちの放送室

音のない崩壊

はじまりは高校二年の六月だった。

進学クラスというある意味孤立したその空間は、三年間同じクラス、同じメンバーで、少人数体制だった。

中学を卒業してから親の都合で引越し、新しい環境での高校生活は期待よりも不安に満ちていた。だが、そんな私に声をかけてくれたのがアイだった。

「雪村《ゆきむら》さん、よかったら一緒にお昼食べない?」

入学当初、前の席のアイと仲良くなったのをきっかけに、アイと同じ中学出身のリエ、サナ、メグとも仲良くなり、クラスでいつも一緒に行動する五人グループになった。

私はアイのおかげで入学して二ヶ月経った頃にはクラスに溶け込めるようになっていた。

今日も私とアイの席をくっつけて、みんながそこにそれぞれの椅子を持ち寄ってお昼を食べている。

「海月《みつき》ちゃんは中学まではどこにいたの？」

メグは私にそう訊ねながら、小さすぎるお弁当箱を見下ろし、ブロッコリーをフォークで突き刺す。

「福島の田舎の方。だから引っ越してきた時、都会はすごいなあって、よくビル見上げてた」

私の返事に四人がけらけらと笑う。

頭の良い子が通う高校だけど、四人とも薄い化粧をしてスカートの丈を短くしている。持っている小物もとても可愛くて、おしゃれなものばかりだ。

有名なコーヒーショップのタンブラーを片手に、未だに笑いながらリエが言う。

「海月ちゃん、ほんと面白い。なんか新鮮だよね」

サナがリップを唇に塗りながら楽しそうにうなずく。

クラスの中でもとくにキラキラしている四人は、とても目立つ。そんな彼女たちがどこか眩《まぶ》しいのは確かだけど、一緒にいて楽しいし、友達ができたことがなによりも嬉しかった。

リエがパンを齧《かじ》りながらクラスを見渡し、ふとつぶやく。

「うちのクラスさ、かっこいい人いないよね」

だけどそのつぶやきは思いのほか大きくて、クラスの何人かがこちらを見た。私が周りの生徒たちにおずおずと視線を向けると、大半は苦笑いしているだけだった。

リエはまったく気にしていない様子で他の三人と話を続けている。

「私はやっぱり断トツで鈴川くん推しー」

左手を上げてそう言いながら、にっこり笑うサナ。サナの言葉に、アイもリエもメグも食い気味にうなずいている。

「鈴川くんはやばい」

「三年の女子でも狙ってる人、多いんだって」

「まあそうなるわな。えー、彼女いるのかなー。いたらやだよねー」

鈴川くんという人物でこれでもかと盛り上がる彼女たちに、私はひとりキョトンと取り残される。

ふと、アイが私の方へ顔を向けて声をひそめがちにして訊《き》いてくる。

「海月も鈴川くん？」

私は首をかくんと横に傾げて、少し困ったように笑うしかなかった。

「鈴川くんって誰？」

その瞬間、四人が一斉に私を真んまるになった目で見た。全員の表情から、信じられない、嘘でしょ、という言葉がはっきりと浮かび上がる。

「え？　あの鈴川飛鳥《あすか》くんだよ？」

リエは驚愕した表情のまま私にそう訴える。私はそんなリエに曖昧な笑顔を返すことしかできない。するとリエは「マジか、天然記念物か」と真顔で突っ込んだ。

そして数秒後、メグが思いっきり笑ったのを機に四人がお腹を抱えて笑いだす。

サナが大笑いしながら私の肩をバシバシと叩《たた》いた。

「もう海月ちゃん信じられない。ほんと面白い」

笑いながらみんながそれぞれ鈴川くんとやらについて説明を始めた。

「ほら、入学式にさ、新入生代表で挨拶してた爽やかイケメン」

リエの言葉に二ヶ月前の入学式を思い出す。

私の入学式の思い出といえば、訛《なま》りは大丈夫かなとか友達できるかなとか、とにかく緊張と不安で新入生代表の顔どころか挨拶すら耳からすり抜けていた。

私の苦笑いに四人は呆《あき》れたように笑う。そんな私にアイが新しい情報を流し込む。

「新入生代表は毎年、進学クラスの生徒なんだって。鈴川くんって普通クラスだからなおさら注目集めちゃったみたい」

アイの言葉にうなずくだけの私とは違って、他の三人はどこから仕入れた情報なのか、次々と鈴川くんについて話しだす。

「でも実際、鈴川くんって進学クラスレベルの偏差値なんでしょ？」

「そりゃそうでしょ。じゃなきゃ新入生代表やらないだろうし」

リエとサナの言葉にメグが即座に反応する。

「じゃあなんで私たちのクラスにいないのー、イケメン鈴川くーん」

唇を尖《とが》らせたメグを笑いながら、アイが「確か……」と目線を斜め上にさまよわせる。

「鈴川くんってサッカー部だったよね？　部活とか委員会とか、勉強以外のことも頑張りたいって挨拶の時も言ってたし」

アイの声を遮り、リエが「それだ！」と声を張り上げながらアイを指さす。

「絶対それ！　進学クラスだと七限まであるじゃん」

「あー、放課後が短くなるもんねー」

うなずきながら納得したように、メグはお弁当をランチバッグにしまい始める。

やっとこさ情報を呑《の》み込む私とは違い、すでに四人は違う話に移っていた。

まあいいか。どうせ『鈴川くん』と関わりなんて絶対ないだろうし、と彼の情報を頭の片隅に押し込めた。

お昼休みの終わりを知らせるチャイムが鳴る。自分の席に戻る途中、リエが椅子とお弁当を持ったまま私に声をかけた。

「ねえ海月ちゃん、今日帰り、駅地下のケーキ屋さん行かない？」

私はこれでもかというくらい首を縦に振って、「行く！」と嬉しさが溢《あふ》れ出さんばかりの声をリエに届けた。

私にはアイとリエとサナとメグ、仲良しの友達がいてくれたらそれだけで高校生活は十分楽しいし、幸せなんだ。


みんなが私のことを「海月」と呼び捨てで呼んでくれるようになる頃には、たくさんの思い出ができていた。きっと卒業まで五人でこうして仲良く過ごしていくんだろうなと当たり前に思っていた。

学校ではもちろん、放課後は買い物に出かけたり、有名なカフェに行ったり。休日も遠くまで出かけて、テスト前にはファストフード店で先生の文句を言いながら夜遅くまで一緒に勉強をした。

気づけば高校一年が終わり、二年の四月も半ばを過ぎていた。

その日は進学クラスだけが学校で模試を受け、五人でそのまま学校の最寄り駅にあるコーヒーショップに寄った。

「二年になった瞬間、良い成績、良い大学ってうるさいよねー」

ソファーに深く腰掛け、ぐったりとしながらそう言ったのはリエ。彼女は三姉妹の一番下で、お姉さんがふたりとも良い大学を出ているから親から比べられてしまうと、以前、愚痴をこぼしていた。だから今回の模試も目の下にクマをつくるくらい、勉強を頑張っていた。

カフェラテをふうふうと冷ますメグは、リエの言葉に目で相づちを打つ。

「進学クラスだから推薦も普通クラスに取られちゃうもんね」

メグは一年生の中間テストで悪い成績を取ってしまい、親から一ヶ月間スマホを取り上げられそうになったらしい。親と大喧嘩《おおげんか》して、リエの家に夜中に泊まりに行ったと笑いながら話してくれたことがある。

みんな一生懸命頑張っているのに、私は今のところ将来の夢も、行きたい大学も決まっていない。両親も厳しく言ってくるわけではないので、勉強を死ぬ気で頑張るのはテスト前くらい。

みんなすごいなあと思うのと同時に、大学生になったらこんな風にみんなに会えなくなってしまうのが寂しくて、思わずつぶやく。

「みんなと大学で離ればなれになっちゃうの、寂しいなあ」

私の言葉に、みんなはキョトンとした後、困ったように笑いながら私の手や肩を軽く叩く。

「海月、いきなりどうしたの？」

「急にしんみりしちゃうじゃん」

「大学生になっても会えばいいんだよ。大丈夫だって」

優しく声をかけてくれるみんなに、私はうなずきながら笑う。その時、誰かのスマホが鳴って、みんなが目線をきょろきょろさせれば、サナが片手を上げる。

「はーい私。彼氏くんからでした」

そう言ってサナは嬉しそうにスマホを見つめ、指を滑らせながらさっそく返事を打っている。

「顔にやけてるよ、サナ」

アイが笑いながらそう言うと、サナはわざとらしくもっとにんまりと笑顔を浮かべる。それにリエとメグと私は思わず笑ってしまう。メグは笑いながらサナにスマホを向けてカシャリと写真を撮った。

「上田《うえだ》くんに、サナがきもい顔してたって言っとくね」

「ちょっとーやめてよ。メグのばかー」

サナは三ヶ月前に普通クラスの上田くんと付き合い始めた。ふたりで一緒に帰ることも増えて、私や他の三人も上田くんと話す間柄になっていた。

五人で飲み物を飲みながら模試や今度のお出かけの予定を話してしばらく経った頃、アイが時計を見て私たちに声をかけた。

「ごめん私、今から塾なんだ」

その言葉にすぐに反応したのはリエ。

「え？　そうなの？」

「二年から土曜日の講座も受けることになっちゃって。ごめん、また明日」

アイは笑いながらも時間に追われているのか、少し慌てたように荷物をまとめ、椅子から立ち上がった。

私は片付けをするアイを見守りながら、立ち上がった彼女にそっと手を振る。

「塾頑張ってね、また明日」

「ありがと、またね」

足早にコーヒーショップを出ていったアイの後ろ姿が見えなくなったところで、テーブルの方へ身体を戻す。と、いつもより妙に空気が悪いことに私は違和感を覚えつつ、ミルクたっぷりのコーヒーを静かに飲み込んだ。

それぞれがスマホを見つめ、あからさまにつくり上げられた沈黙。

リエがいつもより低めの声でぼそりと声を落とした。

「アイってさー、ああいうこと多くない？」

時々リエは周りを凍らせるような発言をすることがある。彼女は自覚があるのかどうかはわからないが、彼女の発言は彼女が思っているよりも周囲を動かす力を秘めている。

「わかる。自分勝手だよね」

メグは冷めたカフェラテを飲み込んでリエに続く。

「空気悪くなるの、わかってないんじゃーん？」

サナは楽しそうにスマホを見つめながら、何気なくそうつぶやく。

チラリ、と。今の状況についていけず戸惑うだけの私に、リエが鋭い瞳を向けた。

メグとサナはわざと私を見るのを避けているのがなんとなくわかった。

「海月はなんとも思わない？」

ずっと黙っていた私にリエが言葉をぶつけた。それは静かな強要だった。

この言葉の真意は、疑問形なんかじゃない。肯定以外受け入れないという脅迫だ。

そして全員が彼女の悪口を言うことで、告げ口をする人間を根絶やしにするという無意識の強制、牽制《けんせい》。

全員が犯罪者になれば、それでいいのだ。裏切ってみろよ、という態度がふざけたような雰囲気の奥にまがまがしく存在している。

私は精一杯、目の前の三人と、アイと、自分の立場を守るつもりで、乾いた笑顔をつくった。

「ごめん、ぜんぜんわかんなかった。私、周り見えてないってよく言われるんだよね」

あははっとわざとらしく笑った私に、リエはほんのわずかに瞳を細めたけれど、すぐに私に同調するように笑った。

「まあ海月だもんね。でもアイって中学の時から自己中なとこあるから気をつけてね」

リエの言葉に私はただ笑うだけだった。アイが本当に自己中なら、クラスでひとりぼっちになりかけていた私に声をかけてくれるはずないのにな。

アイと出会ってから今まで、私にとって彼女は優しくて良い子ってことくらいしかわからない。

その後はリエもサナもメグも、いつもどおりで至極どうでもいい話をして笑って帰りまで楽しく過ごした。

だからアイの話もきっと一過性のもので、あの場で終わるものだと思っていた。


それから数日後。私たちの関係は徐々に変化していた。

「海月ー、購買行こう」

メグに声をかけられてそちらに顔を向ければ、リエとサナも財布を片手に私に手招きしていた。私はスクールバッグから財布を取り出して、椅子から立ち上がる。アイの席を見れば彼女は座ったまま。

私はアイのもとに行き、彼女に声をかける。

「アイも購買行こう？」

私の問いかけに顔を上げたアイの顔はいつもより元気がない。首を横に振って私に無理に笑いかけると、アイは小さな声を返してきた。

「私はいいや。お弁当あるし……」

「でも――」

「リエたち待ってるから、早く行ったほうがいいよ」

私の声を遮ったアイの言葉に引っかかりを覚えつつ、しぶしぶリエたちのもとに向かった。

廊下を出て四人で購買に向かいだすと、前にいたリエが私に訊ねてきた。

「アイ、なんだって？」

「お弁当あるからいいって」

「ふうん。じゃあいいんじゃん？」

リエの声はアイを心配しているというよりもなにかを楽しんでいるようなところがあった。サナもメグもなにも言わない。

いつの間にか、こうしてアイを抜いた四人でいることが多くなっていた。振り向いてアイのいる教室を見たけれど、もちろん教室の中にいるアイは見えない。

暗くなる気持ちが無意識のうちに身体に表れて、気づいたら私はうつむいていた。

購買はこれでもかというくらい混み合っていた。

その時、サナが嬉しそうにパンを買う男子生徒の背中に飛びついた。

「たーっくん」

サナに驚いた顔をしたのはサナの彼氏の上田くん。私たちも上田くんのもとに行く。

メグはスマホを取り出し、上田くんの顔に突き付けイタズラに笑う。

「見てこれ、上田くんからメッセージが来た時のサナの顔」

きっとこないだのコーヒーショップの時のものだろう。けらけら笑うみんなに私も笑おうと思ったが、ふと教室でひとり取り残されているアイを思うと顔が強張ってしまった。

するとと不意に私の視界いっぱいに入り込んだのは上田くんの顔。

「雪村ちゃん、元気ないの?」

「え? いや、ぜんぜん、大丈夫。ありがとう、大丈夫だから」

私はびっくりして条件反射のように数歩、後ずさる。それにまた周りが笑う。

上田くんも笑いながら私に手を伸ばし、ぽんぽんと頭を数回撫《な》でた。

「海月ばっかりずるーい。私もー」

そういって駄々をこねるサナに笑いながら上田くんは頭を撫でる。上田くんに夢中なサナを置いて、お弁当を買うために並ぶ私たち。その間も、アイを気にかけるような言葉は誰の口からも出なかった。

その時、ぶわっと購買が騒がしくなった。

リエもメグも不思議そうに騒がしさのもとを探す。そして生徒のざわめきの中から「鈴川くん」という声が聞こえてリエとメグが一気にテンションを上げ、鈴川くんを探し始める。

「あ、いたいたいた。鈴川くん！」

リエの興奮した声にメグが食いつく。

「ほら、自動販売機のとこ」

リエの視線をたどった先、私も人混みの中に彼を見つけた。

どんなに多くの人の中にいても目立つ容姿。柔らかそうな黒髪に、ひときわきれいな顔立ち。その彼が優しい笑顔を浮かべているのだから、ますます騒がれるのだろう。

鈴川くんはたくさんの人に囲まれて、笑って話しながら自動販売機に並んでいた。

「やっぱりすごい人気者なんだね」

感嘆するメグに、リエは腕を組んで満足そうにうなずく。

「あの顔だもん。一年の時の応援合戦なんて、女子の歓声がやばかったよね」

「観客多すぎて鈴川くん見えなかったもんね」

私は黙ったまま、鈴川くんの方へ視線を向けていた。もう彼は人混みに紛れて見えない。

私なんかと目が合うことは、一生ないように思えるほど人気者の鈴川くん。きっと彼だったら、ぎこちなくなっている私たちの関係も簡単に直しちゃうんだろうな。ちっぽけなことに必死で悩む私なんかと違って。

「海月？　どうしたの？」

リエが不思議そうに私の顔を覗《のぞ》き込む。私は慌てて笑って誤魔化した。

私たちの関係は、良くなるばかりか悪化する一方だった。メッセージグループは五人のものはもうすでに使われなくなっていて、その代わりに新しくグループがつくられた。そこにアイは入っていなかった。

アイがいないことが当たり前の日常になりかけていた四月下旬の放課後。

私はとうとうその当たり前に耐えきれなくなっていた。

四人でいる時、ふとアイを見るといつだって泣きそうな顔をしていた。たったひとりで、それでも声を出さずに救いを求めているように見えた。

アイがいないことに当たり前になれたとしても、アイが私の友達であることに変わりなんてなかった。

「……ごめん、私教室に忘れ物しちゃった」

昇降口でそう言った私に、リエたちは困ったように笑う。ローファーを履いたメグが両腕だけでダッシュで走る真似をして私に言う。

「待ってるから、走って取ってきなー」

「うん、ありがと」

私は急いで忘れ物などしていない教室に走った。教室の扉の前でクラスメイトの男子たちとすれ違い、手を振って挨拶をし、教室の中に入る。

そこにはひとりでぽつんと席に着くアイがいた。

声をかけようと近づいた時、アイが涙交じりの鼻を啜《すす》る音が聞こえた。私は今までのすべてが罪悪感として背中にのしかかってきた。

「……アイ」

そっとその後ろ姿に声をかけると、振り返ったアイはやっぱり泣いていた。

一生懸命、涙を拭うアイにポケットのハンカチを差し出す。彼女は私からハンカチを受け取ると、さらにぼろぼろと泣きだした。

「一緒に帰ろう？」

アイは泣きながら私の言葉に首を横に振る。

じっとアイを見つめ、彼女の言葉を待っている間も、自分がアイにしてしまったことで胸がきしりきしりと痛んだ。

「私……リエたちに嫌われてるから、無理だよ」

私がなにか言おうと口を開いた時、教室に誰かが入ってきた。

「海月ー、遅いから迎えにきたよー」

声の方に顔を向ければ、リエたちが教室の扉から顔を覗かせていた。リエが私とアイに冷たい視線を向ける。

「……なにしてんの？」

空気が一瞬で凍る。どくどくと、ただならぬ状況に心臓が速まる。この突き刺さるような視線は痛い。それでも、さっきアイの涙を見た時のほうがよっぽど私には痛かった。

三人の冷たい視線が注がれる中、私は緊張で硬くなった唇を無理やり動かした。

「……アイも一緒に、帰ろうと、思って」

「そんなことうちら頼んだっけ？」

リエの低い声が私の心に突き刺さる。アイはうつむいて固まってしまっている。サナとメグはただ静かに私を見つめるだけ。

「前は五人で帰ってたのに、いきなり――」

五人はずっと仲良しだと思っていたのに。それなのに、どうして。

悲しくてなにもできずにここまできてしまった自分が悔しくて、それでも注がれる冷たい視線が怖くて、うつむきそうになる。

その時、不意にメグが私に言葉の槍《やり》を飛ばした。

「海月は、私たちの味方じゃないってことね？」

その冷たい言葉に胸がギュッと痛む。

私は慌てて言い返す。

「違う、そういうんじゃなくて。味方とか敵とかそうじゃなくて」

頭がこんがらがる私とは違って三人の冷たい視線は変わらない。

「じゃあなに？　どっち？」

メグの催促に私は泣きそうになりながら答える。蘇《よみがえ》るのは五人で過ごした楽しい思い出ばかり。たくさん笑って、たくさんいろんな話をした日々。

「味方とか、敵とか、わかんないよ。アイもリエもメグもサナも、私の友達ってことしかわかんないよ」

じわり、と涙がにじんだ。いつから、五人の中で敵、味方が生まれてしまったのだろう。いつから友達という枠を逸脱してしまったのだろう。

涙を必死で堪《こら》える私とは違って、こちらに飛んできたリエの声は極めて冷めきったものだった。

「気分悪い。もう帰ろ」

その言葉を置いて、三人は教室から出て行ってしまった。

正解なんてとうていわからなかった。どうしたらいいのかなんてなにもわからなかった。ただ、五人でまた一緒に笑いたかっただけなのに。

もう無理なんだと思ったら、込み上げる涙を止められなかった。


その日から私はアイとふたりでいるようになった。

今まで一緒にいたことが嘘だったみたいに、リエたちは私の存在などないかのように扱い始めた。そのたびに心に穴が開けられたような感じがしたけれど、仕方のないことだとも思った。

私にとってはアイを無視する日々のほうが苦しかったから。

彼女がいなかったら私に友達なんてできなかった。今は、リエたちともぎくしゃくした関係になってしまっているけれど、きっとまた卒業までには昔みたいに笑い合えると思い込むようにした。

アイとふたりで過ごすようになって一ヶ月が経った。窓から見える木々たちも葉桜になり、リエたちに無視される日々が慢性化《まんせいか》しつつある、そんな放課後のある日。

「日誌、職員室に届けてきちゃうね」

日直だった私が職員室前の廊下でアイにそう言うと、彼女は「昇降口で待ってるね」と先に歩きだした。

職員室に入り、担任の先生に日誌を預ける。ふと前の方を見ると、先生たちばかりの中に学校の人気者がいた。

　鈴川くんは二学年主任となにやら話をしている。

　私は職員室を出るまでの間だけ、とこっそりと聞き耳を立ててしまう。人気者は人気者ってだけで注目されてしまうんだから、大変だなあと遠目で眺めながら。

「生徒会に立候補したいのか？」

「はい。今からだともう遅いですか？」

「立候補しなかったのに、なんで今さら」

「生徒会の人たち、いつも頑張ってるから。俺もなにか力になれないかなって」

　そんな会話を聞きながら、そういえば初めて鈴川くんの声をちゃんと聞いたなと思った。男子のわりには低すぎず、優しくて穏やかな声。今聞いた限りでは、彼の怒った声なんて想像もつかない。

「失礼しました」

　誰にも聞こえないくらいの声で職員室の扉の前で挨拶する。出ていく前にチラリと見た鈴川くんはにこにこと話していて、相変わらず私と目が合うことなんてない。

　それにしてもなんでわざわざ生徒会になんて入るんだろう。地味な子の集まりで、雑用ばかりをさせられている生徒会に鈴川くんが入ったら大変な騒ぎになる。先ほどの謙虚な鈴川くんの言葉を思い出し、彼が人気者である理由に個人的にも納得した。

「あれ？　雪村ちゃんじゃん」

考えごとをしながら廊下を歩いていると、いきなり声をかけられる。

声の主はサナの彼氏の上田くんだ。微妙な関係にぎこちなく思いながらも苦笑いを浮かべた。

昇降口に向かう廊下にはちらほらと人がいる。さっさとアイと合流して帰りたいのに、よりによって上田くんに捕まってしまうなんて。

「……久しぶり」

「最近、サナたちといないよね」

そう言いながら上田くんは私の隣に並んで歩く。このまま昇降口に行くんだとしたら気まずい。どうしたものかと考えていれば、上田くんに顔を覗き込まれて固まる。

不意打ちはやめてほしいのに。

「雪村ちゃん、暇な日ないの？」

「え？」

急過ぎる問いかけに頭が追いつかない。

そんな私を置いてけぼりにして上田くんはどんどん言葉を吐き出していく。ぐいっと距離を詰められ、逃げる間もない。

「今度一緒にどっか行こうよ。俺、結構前から雪村ちゃんのことかわいいと思ってたんだよね、正直、サナよりもタイプっていうか」

さらに頭が追いつかなくなる。なに言ってるんだろう、この人。

なにが面白いのかにっこりと笑いながら、私の頭をぽんと撫でた上田くんの手を慌てて叩いた。

「上田くん、サナの彼氏だよね？」

上田くんは悪びれることもなく笑う。

「俺、雪村ちゃんと付き合えるなら、サナと別れるよ。最近、アイツしつこいし、重いんだよね」

私は頭に血が上る。話し続ける上田くんを睨《にら》みつけて言葉をぶつけた。

「もう話しかけないで！」

いろんな感情がぐちゃぐちゃになっていたけれど、それだけ吐き出すと、私は上田くんを置いて昇降口まで走った。

昇降口にたどり着き、アイを探すが姿は見えない。スマホを見るとアイからメッセージがきていて【先に帰るね】とだけ入っていた。

なにか用事でもできちゃったのかなと思いながら返事を打ち込み、ポケットにスマホをしまって顔を上げた。

その先に、サナがいた。しかも彼女も私の方を見ていて視線がぶつかる。

どうしたらいいのかわからず瞳を逸らせない私とは違って、サナは無表情のまま私から視線を逸らした。

サナはひとりだった。スニーカーから上履きに履き替えている。きっと上田くんと帰るのだろう。

ローファーを持ったまま固まる私の横を通り過ぎる瞬間、サナが私に冷たい声をぶつけた。

「アイならリエたちと帰ったから」

その言葉を追いかけるように振り向いてサナを見るが、もう彼女は下駄箱の角を曲がって姿は見えなくなってしまっていた。

私は嫌な予感を感じながらも、必死で平気だと自分の心に言い聞かせた。

それでもいつになっても返事のこないアイからのトーク画面を開くたびに、心臓が嫌な音を立てた。

そうして、次の日から私はひとりぼっちになった。

笑顔を忘れた顔

私が教室に入った瞬間、ぴたり、とわざとらしく止まった笑い声に冷たい視線。リエたちの中にアイもいて、彼女だけはうつむき、私といっさい目を合わせようとしなかった。

そしてすぐさま私から視線を逸らし、また過剰に大きな声で笑いだすリエたち。まるで私の存在など必要ないと、その場にいる全員に知らせているみたいに。

心臓にピリリ、と細い雷《いかずち》が走った。

ざわり、ざわり、と騒ぐ心は、まったく知らない暗い路地裏に、ひとりで放り出されたようだった。

大丈夫、違う。私の勘違い。そんなはずはない。

だって昨日までアイと一緒にいたじゃん。ふたりでずっと過ごしていたじゃん。大丈夫、きっと今だけ。

私はありったけの勇気を振り絞って、リエたちの中にいるアイのもとに行く。

冷たい瞳を細めたリエたちを見ないふりをして、うつむくアイに声をかけた。

「アイ、おはよう」

でも、アイからの返事はなかった。

アイはうつむいたまま微動だにしない。その代わりに、けらけらとわざとらしいメグの笑い声。それに続いてサナもリエも笑いだした。

「やめてあげたら？　アイも嫌がってんじゃん」

そう言って笑いながら、それでも私にきつい視線を送ってくるリエ。

リエの言葉に身体中の熱が一気に頭に上る。言葉を理解して心が呑み込んだら、自然と涙が瞳を覆った。感情もなく鈍器で殴られているみたいだった。

なにも言い返せずに黙り込んだ私の耳にサナの声が滑り込んでくる。

「ねぇねぇ、トイレ行こーよ」

「うん。てかさ、聞いてよー。最近アイロンやりすぎて髪傷んできた」

「うわ、ほんとだ。少し切ったほうがいいんじゃない？　アイも行こ」

彼女たちは三人で寄せ合っていた椅子から立ち上がり、私のことなどいないも同然に扱うと、さっさとトイレという陰口の場に行ってしまった。

アイも、リエたちの後を追うように私の横を通り過ぎた。

そこには躊躇《ためら》いもなにもなかった。ただひたすら私から逃げようとするアイしかいなかった。

頭が追いつかなかった。

あまりにも、唐突すぎて、ぜんぜん、まったく、どうしようもなく、状況が呑み込めなかった。

なんで？　どうして？　どういうこと？

それでも涙だけは必死で抑え込んだ。泣くのが怖いくらい、泣いてしまったら認めてしまいそうで、認めたくなくて。

私はたったひとりでアイを待ち続けた。私だって最初はリエたちの側にいたんだ。これくらいの報いは受けなきゃいけないのかもしれない。きっと最後にアイは来てくれるはずだから。

だって私、アイになにかした？　ううん、してない。そうだよ、昨日だって普通に笑いながら話してたじゃん。

だけど雲を掴《つか》むような祈りも虚しく消える。

ひとりぼっちで帰宅した夜、ずっと活動していなかった五人のメッセージグループも、アイだけがいない四人のグループも私以外の全員が退会した。

翌日、重たい足を引きずるようにして学校に行くと昨日となにひとつ変わらない状況。私はたったひとりで学校のすべての時間を過ごした。過ごすしかなかった。

時々ぶつかるリエたちの視線は冷たくて、私を軽蔑するようなものばかりだった。

なんで？　なんかした？

アイとふたりで過ごすようになってから、口はきいていなかったけれど、私はリエたちになにもしていない。していない、はず。大丈夫、大丈夫、な、はず。

いつの間にかリエたちのメッセージアイコンは私を除いた四人の画像になっていて、そこに笑ったアイの顔もあった。


ひとりぼっちになってから四日後のこと。

私がひとりでトイレから帰ってきてすぐ。私が教室に入ってきたのを視界に捉えてから、リエは口を開いた。確信犯だった。

「っていうかさー、いい加減気づけよ。自分に友達いないって」

二時間目前の休み時間に、リエが教室中に響くような大きな声で、そう言った。

教室が、ひそひそ、とどよめく。

その視線の先には、不機嫌そうな顔をするリエたちと、ひとりで教室の入り口で突っ立っている私。どこからどう見ても、誰がどう見ようと優劣は歴然だった。

ささやかに私たちのねじれを遠巻きに見ていたクラスメイトたちは、リエのひと言で、一瞬のうちに敵になった。私との関わりを完全に断った。

「リエちゃん、直球すぎ」

そう言って笑ったのはクラスの女子。とくに仲が良かったわけではないけれど、仲が悪いわけでもなかった。同じバンドが好きで、新曲が出たら一緒に聴いて笑いあうくらいは親しい間柄の子だった。

──クラスのひそひそというどよめきは、次第に私に対する嘲笑へと変わる。

四対一が、数十人対ひとりになった。クラスの全員対、私。

その瞬間、目の前が真っ暗になった。

違う。もうとっくに真っ暗だったのに、自分で必死に見ないふりをしていただけだ。

だってどうして自分だけがこんな目に遭わなくちゃいけないのかが、わからなかったから。

私はただアイとも、リエたちとも仲良く笑っていたいだけだったから。

でもそんなことを望んでいたばかは私だけだった。私がそう望んでいる時にも、リエたちは私をひとりぼっちにしようとしていたんだ。

「っていうかー、人の彼氏取ろうとする時点で最低でしょ」

そう言ったのはサナ。爪をいじりながら何気なく言葉を並べたが、そこには明らかに怒りの感情が見えた。

それでも身に覚えのない私はサナの言っている意味がわからず、眉間にシワを寄せて彼女を見た。すると爪からこちらに視線を向けたサナと目が合う。

「とぼけてんじゃねーよ！　友達がそういう情報、教えてくれるんだよね。ぼっちのくすと笑う。

「人と違って、私、他のクラスにも友達いるからさ」

サナはそう言いながら最後に笑った。それに釣られるように、周りも私を見てくすくすと笑う。

私は力の抜けた両手をそっと握り締めることしかできなかった。もうなにを言ったって聞いてくれない。どんなに真実を伝えたって聞いてさえもらえない。もう、なにをしても無駄なんだと思った。

その日の夜、ある男子がふざけながらクラスのメッセージグループから、私を退会させた。

ずきん、ずきん、と鈍い痛みが心と身体を襲う。熱くなった目頭から涙が耐えきれなくなったように静かにこぼれ落ちた。

私は真っ暗な部屋の中、ベッドでそれを見つめてまたひとりで泣いた。


それからはもう、学校に私の居場所はどこにもなかった。

もともと地方から引っ越してきて、同じ中学校出身の友達のいない私がひとりになることなんてたやすかった。リエたちは中学校からの友達もたくさんいる。学校中が敵なんだと察するのに時間はそうかからなかった。

無視。悪口。ひそひそ話。落書き。物を隠される。捨てられる。ＳＮＳのグループから外される。ネットでの悪口。ありもしない噂《うわさ》を流される。

朝、下駄箱に上履きがあるかないかで、まず精神をやられる。

だいたい隠されるのがわかっているので毎日持ち帰りたいけれど、それさえも彼女たちに悪口のネタとして利用されるのが嫌だった。

隠したり、捨てたりされる行為に対して、私に非はないから彼女たちをまっとうに否定することができる。

私は悪くない。私の存在は間違ってない。生きていることは、間違いじゃない。

そうやって少しでも自分の足で立っていられる理由が必要だった。

重たい足を引きずって教室に入ると、一瞬、教室中がしんとなって、クラスメイトたちの皮肉った視線が突き刺さる。

そして全員からの無視か私に対するひそひそ話。息を押し殺して席に着く。

机に暴言が書き込まれていたら、それを気に留めないように振る舞わなくちゃいけないから、椅子に座るまでにまた精神をやられる。

なるべくゆっくりゆっくり。なにもしない時間が生まれないように、スクールバッグから筆箱や教科書を取り出す。

私はひとり静かに座って、スマホを見ることに徹する。

もう、高校の友達で連絡を取る人はいないけれど、福島の友達はいつもと変わらず連絡をくれる。けれど友達でいてくれるその人たちに、いじめられているなんて言えないから、あまり連絡を入れられない。

だって頻繁に連絡をしたら、「学校でひとりなのかな」「友達いないのかな」って思われてしまうから。

なにも知らない友達には知らないままで、そのままでいてほしかった。私に今までどおりに接してほしかった。昔から知っている友達に憐《あわ》れんでほしくなかった。

対等で、いたかった。

「学校でスマホ禁止なのにねー？」

こんな声はもう聞き飽きてしまった。聞き飽きても、慣れることはなかった。

みんなもスマホなんて先生に隠れて当たり前のように使っているのに、この言葉は私にしかぶつけられない。

彼女たちはとにかく私の無様な姿を見て、醜い欲を満たしたいのだ。そう、思った。そう思わないと、やっていられなかった。

アイは私とまったく目を合わせようとしなかった。それでも時々、不意に交わってしまった時、アイは堪らなく泣きそうな顔をして、私から目を逸らした。そうして必死で私から逃げて、リエたちの陰に隠れていた。

それでも、私は淡い期待を捨てきれなかった。

朝、学校に行ったら、前みたいに「おはよう」って言ってくれるんじゃないかって。前みたいに一緒に笑って、帰れるんじゃないかって。だって、私たちはずっと友達だったはずだから。

友達だと、思っていたかった。

誰とも会話をせず、心に傷ばかりを増やして家に帰る日々。

家に帰って自分の部屋に閉じこもる。おしゃべりだった自分はもうこの世には存在しない。

ベッドに寄りかかり、習慣化した手でテレビをつける。テレビの音だけが響く部屋の中、ひとりで身を小さくした。

誰も頼ることができない無力感。いつも誰かに悪口を言われているのではないかという恐怖。

一体どこを間違えたのだろう。私のなにがいけなかったんだろう。そんなことばかりを考えるようになっていた。

アイを助けずにリエたちの中で笑っていればよかった？

その疑問が浮かんだ瞬間、私は慌てて首を横に振ってその考えを打ち消した。

違う、そこは、そこだけは間違えてない。あそこだけは、自分のした行為に胸を張らなくちゃいけない。

「……………」

それでも、それだからこそ、なおさら今が苦しかった。

悪口、嫌がらせ、無数に受ける傷は確かに痛い。それよりも、私にとってはアイに裏切られたという事実がとても辛く、苦しかった。アイに憤りを感じてしまいそうになる自分が堪《たま》らなく嫌だった。

『海に月と書いて〝クラゲ〟と呼びます』

ふ、と。その声に顔を上げた。

テレビ画面にはたくさんのクラゲ。水族館の紹介をしているらしく、水槽の前でアナウンサーと飼育員がクラゲの生態について話している。

『じつはクラゲは体の九割以上が水分でできているプランクトンなんです。遊泳能力がとても弱いので、水流をつくってあげないと次第に水底に沈んでしまいます。クラゲにとって泳いで浮き上がるという動作はとてもエネルギーを使うため、泳ぐことを繰り返すうちに弱って死んでしまうんです』

ぼんやりとアナウンサーと飼育員の奥にある水槽の中のクラゲを眺める。もしも今の自分をクラゲにたとえるなら、私はきっと水槽になんかいない。小さな瓶に閉じ込められて、水流どころか水すらもきっと少ない。

私はそんなところで必死に生きているようなクラゲだった。

どれだけ考えても、解決はしないし、リエたちの嫌がらせはエスカレートするばかりだった。

家に帰ってからも、ふと頭を支配するリエたちや他のクラスメイトの笑い声や悪口。

学校では、とにかくつねに周りに神経をすり減らしていた。

ぶつけられる悪口はいつだって「うざい」「きもい」「ムカつく」「頭おかしい」「調子乗ってる」なんて、抽象的なことばかりだ。見えない傷が増え、希望が減るにしたがって、彼女たちは私をいじめることが目的ではないのだということに気づいていく。

私をいじめることに理由なんて、いらない。いじめた先に得られる優越感や快楽で心を満たし、自分が強い者であると錯覚していたいだけなのだと。

だから私は、リエたちの思うツボにはなりたくなくて、必死で平静を装った。

なにも気にしていないふりをした。

なにを言われても、されても、弱った姿を絶対に見せたくなくて、無表情をつくった。

そしたらそのうち、無表情しかできなくなっていた。

笑い方を、忘れてしまっていた。

傍《はた》から見たら、ただの日常の一瞬として切り取れば、彼女たちの私への行為など気には留めても、声をかけて止めるほどのものではないのかもしれない。

もしかしたら「気にしすぎだ」なんて笑い飛ばされるのかもしれない。「気にするな」って叱咤《しった》されるのかもしれない。

でもそれは、しょせん、赤の他人だから。自分がやられているわけではないから。

私が最終的にどうなろうと関係がないから。

――いじめに負けるな。

それはあなたがいじめられたことがないから。

――いじめられているのはきみだけじゃない。きみひとりが辛いわけじゃない。

そんなことわかっている。でもだからなんだというのだ。なにひとつ慰めにならない。だってそれを言われたところで、私がいじめられていることに変わりはないのだから。

――いじめは犯罪！　みんなで止めよう！

いじめはいけないことだってくらいみんな知ってる。じゃあみんなって？　みんなが敵だったら、誰が止めるの？

いつの間にか、ごはんの味がしなくなっていた。勉強にも集中できなくて、成績はどんどん落ちるばかり。心の中の色が、どんどん黒く濁って、汚くなっていた。

唯一、学校でなにも考えずにいることができるのが、選択科目の美術の授業だけだった。

入学直後に選択した美術は、先生が厳しいのと自分たちで画材を用意しなければならないので、ほとんどの生徒が音楽を選択した。

リエたち四人は音楽で、仲の良かった頃はそれが寂しかったけれど、皮肉にも今はそれが救いになっている。

他の美術選択の子たちも私を避けてはいたが、それは仲良くすることで自分まで危害が及ぶのを恐れていただけのことだから、これといって私になにかをすることはなかった。

絵を描いている時間だけが、なにもかも忘れられる瞬間だった。

だからこそ、ふと形容しがたい感情が溢れ出す。それをぶつけるように美術のノートの上に青色の絵具を直に絞り出した。

水ひとつ混ざらない純粋な青色は、期待しては裏切られ、ひどく心が震えて、怯《おび》えて、凍えて、そうやって何度も何度も水でのばされていく。

その青色はもうとっくに透明になっているのに。

ノートは水を含みすぎてよれよれになってしまった。それでも私はその上に新しい水を垂らす。静かに感情をぶつけて、私は必死に呼吸をしようとしていた。

いじめは、いじめられているほうが弱い——それは学校社会を生きていく中で、見知らぬうちに植えつけられた知識。いじめられた時点で〝弱者〟と見なされるのだ。私も、それに間違いはないと思っていた。

でも、今はそうは思えないし、思いたくない。

いじめで圧倒的に弱者なのは、むしろ加害者側ではないか。数の力で相手を脅し、自分の立ち位置が上であること、優勢であることに浸っていたいだけなのだ。

数のうえでも、社会的地位でも弱者と見なされ、それでもなお、ひとりですべてを背負って学校や社会で生きている被害者こそ本当の〝強者〟だと私は思う。そう、思いたい。

でも、思ったところで、どうすることもできないのが現実なわけで。

それは現状の私に貼られた負のレッテルと、強固として私を弱者だと疑わない彼女たちとその周りと、なによりも諦めている自分がいるからだ。

ひとり、苦しみ耐え抜き、もう涙を流す機能までぶっ壊れてしまった。

心が正常に働かない。違う、働けないんだ。

もうとっくに壊れてしまったから。

家に帰って湯船に浸かっていると、身体中に異常なほどの重みと痛みを感じた。

なにも考えることがなくなると、ふとフラッシュバックする悪夢。

『ていうか、表情変わんなくて顔死んでるよね』

『死人みたい』

『やばい本当に死人に見えてきた』

『コワっ！』

浴びせられる罵詈《ばり》雑言《ぞうごん》に今さら悔しくなる。

敵のいない自分の家だからこそ、ひとり言のように言い返すことができる。

「文句があるなら直接、私の目を見ていってみろ……！」

溢れ出す、溢れ出す、真っ黒な感情。

こんな感情覚えたくなかった。もちたくなかった。こんな自分になりたくなかった。

負のループは終わらない。ゴールのない迷路。いや、迷路よりひどい。進む道はたったひとつ、一本道しかないのだから。

このループを終わりにするために、頭の中ではもう何度も何度もリエたちに言い返すシミュレーションをしてきた。

私を見下してつまらない悪口を並べる彼女たちに、思い切り面と向かって言い返してやるんだ。

お風呂の中では、たくさんのドラマや映画で観た、光ある正義の主人公が語るセリフを真似しては、必死で自分の存在価値を肯定した。でも、正義が勝てるのは物語の中だけだった。

たとえ、どんなにスカッとするようなことを震え交じりに言えたとしても。リエたちにまっとうな正義をぶつけたとしても。そんなの、私の負けに決まっている。

いざリエたちを前にするとだめなのだ。

身体中が、私のなにもかもが、リエたちの存在に怯えて、頭のてっぺんから足の爪先までが緊張で固まって、縮み上がってしまうのだ。

……現実は、物語のようにきれいじゃない。

お風呂から上がって、自分の部屋に向かう途中でお母さんに声をかけられる。

「海月が好きなお笑い番組、始まるよ」

心配する気持ちをはらんだ優しさのにじむ声にさえも、私はもう心が揺れなくなってしまっていた。

「眠いから、もう寝る。おやすみ」

たったそれだけを吐き出して、二階へ行くために階段を上がり始めた。

お母さんの顔をちゃんと見ることができない。

きっと私の異変に薄々、気づいている。気づいていながらも、問い詰めてくることはなかった。

朝になるとキリキリと痛むお腹を押さえ、ベッドでうずくまる私を両親は心配そうに見つめた。それでも体温を測っても平熱、お腹の痛みもしばらくすれば治る。

私はどうしても学校を休みたいと言えなかった。

それを言った後に必ず聞かれる理由を言わなければならないことが、なによりも嫌だったから。

そうして両親の案ずるような顔から逃げて、私は朝ごはんを食べることなく、重たい足どりで学校に向かう。

両親はきっと私が話してくれることを待っている。待ってくれていることを知っていながらも、私は強がって、へたくそな演技で平静を装った。

いじめられているなんて口が裂けても言う気なんてなかった。

家族に心配をかけたくないなんて、それは私のかっこつけた言い訳だ。

ただの、プライドなんだ。

学校で居場所のない私がこんなにもみじめなのに、家族にいじめを打ち明けて、家でもみじめな〝弱者〟〝被害者〟として扱われることが嫌なだけなんだ。

自分の子供がいじめられているという事実を知った、お母さんとお父さんの悲しい顔を見たくない気持ちももちろんある。

私と同じような感情を抱いてほしくない気持ちもある。この年になって親にすがりたくない自分がいるのも確かだ。

でも、なによりも自分が「いじめ」のターゲットであることが、堪らなく嫌で、悔しくて、どうしても認めたくなかった。

家の中だけは、「私」のままでいたかった。たったそれだけなのだ。

もうそんな「私」はどこにもいないのに――。

はじまりのおわり

いじめは終わりを迎えるどころか半年以上も続いて、二年の十一月を迎えた今も現在進行形で存在している。いじめがなくなる概念などは私を含め、クラスの誰ひとりとして持ち合わせていないし、慢性化していた。

けれど残念ながら、私の心がそのいじめに耐性をもつことはできなかった。

二年のこの時期になると、本格的に受験に向けてのプレッシャーが学校全体からかけられる。進学クラスであればなおのことで、先生や家族からの期待や重圧、長時間の勉強、疲労、鬱憤《うっぷん》などでクラスメイトたちのストレスは相当だった。

そして、その矛先《ほこさき》はいつだって私だ。

同じ人間であることも忘れているのかと思うくらいに、彼女たちは私をさまざまな感情のはけ口にした。

直接浴びせられる容赦のない暴言。真っ黒に塗りつぶされたように机上《きじょう》に書かれている無数の悪口。体育の授業ではわざとボールをぶつけられたり、体操服を切り刻まれたりした。そうして仕方なく制服で体育を見学する私を、彼女たちはくすくすと奇妙なものを見るような目をして笑っていた。

私には心がないとでも思っているのだろうか。

ただ私は心臓がついているだけの物だとでも言うのだろうか。

もう涙も出てこない。笑い方、笑う方法さえ忘れてしまった。

笑いすぎて、呼吸が苦しくなるほど、声が出なくなるほど、涙がにじむほど。私はそんなふうに笑っていた日があったのに。

それももう、思い出せないくらいに遠い昔のことのように思う。

もしかして、本当に感情が死んでしまったのかもしれない。けれど、身体中に渦巻く嫌悪と憎悪と軽蔑と恐怖と不信感が、まだ感情を失っていないということを証明していた。

むしろ、そんな感情ほど捨ててしまいたいのに。そうすれば、楽になれるはずなのに。

お昼休み。私はひとりぼっちでゆっくりと、ひたすらゆっくりと、うつむきながらお弁当を食べていた。

《――生徒会からのお知らせです》
いきなり教室に放送が入り、クラスがざわつく。

「鈴川くんじゃん」

リエの大きな声が背中にこつんと当たった。

今年の七月に行われた生徒会役員選挙はこの学校ではある意味、大事件だった。

鈴川くんが生徒会長に立候補したからだ。地味な生徒会に鈴川くんが立候補することを不思議がる声が無数に上がった。しかし鈴川くんの熱心な選挙演説を聞いて、結果、彼は圧倒的な票数を獲得して、生徒会長に就任したのである。

《来週より、サッカー部の応援団員を募集します。ぜひ多くの生徒に参加していただきたいと思います。それではサッカー部主将の三浦航平《みうらこうへい》さんからの挨拶です》

鈴川くんの放送はみんな静かに聞いていたのに、放送がサッカー部主将に変わったとたん、クラスは騒しさを取り戻す。

「あー鈴川くんと一回でいいから話してみたい」

メグの言葉が教室に響く。そこにすかさずサナの声が入る。

「今から放送室行けば会えんじゃん」

「無理無理無理。メグが行ったら鍵閉められちゃうって」

けらけら笑いながらそう言ったリエの言葉に、サナが言葉を被せる。

「うちの放送室ってポンコツだから鍵壊れてるらしいよ」

「そうなの?」

「去年、文化祭実行委員だった友達が放送室使ったらしいんだけど、あんまり人も来なくて授業サボるのにちょうどいいんだって」

そう言ってまたころころと話題を変えて話すリエたち。私はそんな声を遠くからひとりで聞きながら、味がわからなくなってしまったごはんを小さく小さく口に運んでいた。


週明けの月曜日。私は朝の始業チャイムが鳴る一時間半前に登校していた。

月曜日の朝は部活動が一律に禁止されているため、生徒の姿も教師の姿も見当たらない。

だが、もうすでに学校の駐車場には車が一台あって、昇降口は開いていた。私が下駄箱にたどり着いた時には新米の先生があくびをしながら、大きなゴミ袋とトングをもって正門の方へ歩いているのが見えた。

誰もいない静かすぎる校内。自分の上履きだけが時折、きゅ、と音を響かせる。

きれいな校舎は私がぼろぼろになっていることなど素知らぬ顔。校舎だけじゃない。ここにいる生徒の多くが私がいじめられていることなど知らずに毎日を過ごしている。

そう思うと、悔しかった。

同じ高校生なのに、同じ学校にいるのに、どうして私だけがこんな思いをしなくちゃならないのか。一瞬でもそう思ってしまうとその感情は肥大化するばかりで収まることを知らない。

自分のクラスの前を素通りして、放送室がある棟へと歩きだす。

普通クラスは棟が違うからあまり足を運んだことはなかったけれど、廊下から見える教室の造りは進学クラスと同じ。それなのに、教室の後ろの黒板の落書きとか、ロッカーに置きっぱなしにされたジャージとかがどこか新鮮で羨《うらや》ましかった。進学クラスの担任は整理整頓に厳しいから、ロッカーの上にジャージを置きっぱなしにしたら捨てられるだろう。

普通クラスを眺めながら、さらに奥に進んで職員室や化学室、視聴覚室や放送室などが集まるB棟に入る。一階の職員室には誰にもいない。そのまま階段を一気に四つ駆け上がる。

三階の視聴覚室には来たことがあるけれど、その上の四階にある放送室は初めてだった。

冷たい銀色の扉を見つめ、そっとドアノブに触れた。

緊張した手でドアノブをひねり、ゆっくりと押す。すると重たい扉が大きく空気を揺らしながら開いた。

ふわっと、ほこりのにおいが鼻腔《びこう》をくすぐる。まさか本当に開くとは思わず、しばらく放送室を眺めて固まっていたが、そっとそこに足を踏み入れた。

他の教室とは違って、カーペット生地の床は私が体重をかけると、ほんのわずかだが沈んで、その小さな感覚に、私はまだ生きてるんだって、純粋に思った。

マイクとたくさんのスイッチが備え付けられた放送器具の前に一脚のパイプ椅子。

私は閉め切られたカーテンのところに行くと、ゆっくりと左右に引いた。

放送室に日が差し込み、思わず太陽の眩しさに目を細める。

振り返って、パイプ椅子に向かって歩きながら制服のジャケットから小さなノートを取り出した。百円均一で購入した私の真っ黒な物語日記だ。

パイプ椅子にそっと腰掛けると、細い骨組みがギシ、と私の体重に悲鳴を上げた。

この空間はまるで私は生きているんだと言っているみたいだった。

今、生活している学校では「死ね」という言葉しかぶつけられない私にとっては、涙が出るくらい優しい音に感じた。

たくさんあるスイッチを眺め、マイクのすぐ横にある赤色のスイッチをオンにする。

ブツン、という放送機械独特の音を聞いて、ばくばくと心臓が騒がしくなる。

スイッチの横のまるいモノが赤く点灯した。

私のこの声は誰にも届かない。

でも誰にも邪魔されることなく、私の声が響く。

誰もいないからこそできる。

でも誰かが学校にいてくれたらいいのにと、心のどこかで、ほんのわずかだけど思っていた。

小さなノートをそっと開く。ページには、私の乱れた文字が並んでいる。

やっと気持ちの逃げ場を見つけた思いだった。なにもかも吐き出せる私だけの時間、場所。

誰よりも寂しい私だけの放送室。

唇を微かに開け、そこから息を吸い込んだ。

そして口をマイクに寄せ、そこに声を落とした。

「死にかけのクラゲの日記……」

第二章　彼女の声を聞いた日

絶望の降る朝

「あら、飛鳥、もう行くの？　今日は月曜日でしょう」

玄関でローファーを履く俺の背中に母さんの声が届く。俺はつま先を二度、地面に軽く叩きつけて振り向いた。

「課題、学校に忘れてきたから早めに行ってやってくる」

苦笑いの俺に、洗濯物を抱えていた母さんは困ったように溜《た》め息をついた。

「本当にどっか抜けてるんだから。気をつけていってらっしゃい」

うん、と首を縦に振り、肩から滑り落ちたスクールバッグを再度定位置に戻す。

スマホが連続で音を鳴らす。ポケットからスマホを取り出せば、無駄に早起きな春《は》馬《る》《ま》からのメッセージ。スタンプばかりの画面に小さく笑いながら、春馬にそっくりな犬のスタンプを返す。

スマホをマナーモードにしつつ、寝ている間に届いていたたくさんのメッセージにもひとつひとつ返していく。些《さ》細《さい》なやりとりばかりだけど、思わず画面越しに口元が緩んでしまうくらい友達とのやりとりは面白い。

やっとすべての返信を終えたところで、母さんからのメッセージが飛び込んできた。

【お弁当忘れてるよ、おばかさん。千鶴《ちづる》ちゃんにお願いするから、ちゃんとお礼言うように】

「……ごめんなさい」

思わず、スマホの画面に向かって謝っていた。

すべての部活動が休みとなっている月曜日の朝の学校はとても静かだった。

自分の呼吸と時折、寒さで鼻を啜《すす》る音がこんなにも大きく聞こえる教室はまるで別空間のように感じた。

誰も知らない世界に忍び込んだようなわくわくした気持ちを胸に溜め込みながらも、課題を終わらせなければという思いが、いちおう勝る。

ブツン、と無機質に放送の電源が入る音がして思わず顔を上げて、教室に設置されているスピーカーを見た。

だから、あまりにも不意打ちの放送に、まるで後頭部を殴られたような気さえしたんだ。

《死にかけのクラゲの日記……》

透き通るような、弱々しくて、それでいて、ひたすら淡々とした声。

「……は？」

月曜日のこんな朝早く、学校にいるのは施錠担当の先生だけのはずだ。その先生も学校周辺の清掃に出ていて校内にはいないはず……。

だいたい、こんな朝早くの学校でなにをしてるんだろう。

一体、誰がこんなことをしているのだろう。なんのために？　どうして？　そんな思いがひたすら頭を駆け巡るけれど答えなど見つけ出せるわけがない。

慌ただしく混乱する頭とは裏腹に、やけに落ち着いて放送に聞き耳を立てる自分自身もいた。

ただ、もうすでに俺の頭の中からは、課題というものは捨て去られていた。

《十一月六日、月曜日。私のお弁当が教室のゴミ箱に捨てられていた。食べるものもなく、ずっとトイレにこもっていたら、わざわざクラスメイトの女子がやって来て、「ひとりでごはん食べるのがかわいそうだから、お弁当捨ててあげたのに」「学校来なきゃいいのにね」と、笑いながら私に言った》

「え？　は、……え？」

シャーペンが右手から滑り落ちて課題の上に転がった。俺の困惑なんて関係なしに、その淡々とした放送は続く。

力が入らなくなった手は指先から徐々に氷のように冷たくなっていく。

《……お母さんに「お弁当おいしかった？」って聞かれて嘘ついちゃった。ごめんなさい》

最後の声は消え入りそうな小さい声だ。ここにきて初めて彼女の感情が垣間みえた。

《十一月七日、火曜日。授業中、クラスメイトが手紙を回し始めて、最後に私に投げつけた。中身を見たら、クラスのみんなが私の悪口を書き込んだものだった》

ちょっと待って。なに言ってるの？　待って、落ち着け。落ち着けよ、俺。

どくどくと体中の血が血管が破裂するくらいの勢いで流れるような感覚。

自分の呼吸が浅くなっていることに気づきながらも深呼吸をする余裕などない。

《十一月八日、水曜日。授業で発表した私が先生に褒められると、クラス中から舌打ちを鳴らされたり、からかいの言葉を吐かれたりした。先生は冗談と受け取っていた

けど、その日の悪口はいつもよりひどくなったし、多かった》

今、自分の耳で聞いているこの出来事が本当ならば、これは絶対にあってはならないことで。それなのにいじめに直面するのは初めてで、どうしていいのかまったくわからない。

わからないまま、ずっと息をひそめるようにして椅子に座っていると、感情のない声は言葉を続けた。

《クラゲの体の、九十%の水が涸《か》れました。……来世は、幸せになれますように》

その次の瞬間にブツン、と放送は切れて、校内は再び素知らぬ顔をした空間となり、俺の呼吸する音を丁寧に拾い始める。

その後、何事もなかったかのように生徒たちが登校して、いつもの学校の朝が訪れたけれど、結局、課題は終わらなかった。

頭の中はひたすら放送のことに支配されていたのだから。

「鈴川飛鳥さーん。お弁当を忘れた情けない鈴川飛鳥さーん」

三限終わりに、千鶴がわざわざお弁当を届けに教室に来てくれた。

千鶴は家が隣で、幼稚園の頃からお互いのことを知っている。その頃から男勝りで、泣き虫だった当時の俺をひっぱたいてくるような女の子だ。それは高校生になっても相変わらずで、気が強くてみんなをぐいぐい引っ張っていく姉御肌タイプ。

ただ、本当は誰よりも優しくて努力家で、自分を追い込んじゃう不器用な俺の幼馴染《おさななじみ》。

朝の出来事のせいで、お弁当のことなど頭の片隅にもなかった俺は慌てて千鶴のもとへ行く。

「ごめん、千鶴。忘れてた」

そう言うと、千鶴は黙ったまま、お弁当を受け取ろうとした俺のスネを蹴った。痛みで思わず顔が歪《ゆが》む。

千鶴は未だに眉間にシワを寄せたまま。怒っていることはよくわかる。……わかるけど、たぶん八つ当たりが七割だ。

長年の付き合いでその答えを導き出しつつも、俺はやんわりと笑うだけ。

「どうしたの？」

俺の言葉に千鶴は結局、つんとしたまま。これも想定内。千鶴は小さい頃からそういう性格だ。

なにがあっても弱音を吐かないし、誰にでも強い自分を見せようとする。

「べつに。ちょっと腹立つことがあっただけ」

言葉にするほどの感情だったのか。

俺は少し驚きながらも、千鶴が吐き出せる環境を作り出そうと試みる。

「なにがあったの？」

「……こんなの大したことないし。もっと大変な思いしてる人だっているんだから。それと比べたらぜんぜん平気」

ああ、またそうやって、素直な気持ちに蓋《ふた》をしてしまうんだ。

俺は唇をキュ、と不服を込めて結んだ。千鶴はそれをすぐに察して、取り繕《つくろ》ったように笑う。無理して笑う、顔。

お互い、長い付き合いの中で、なにを考えているのかはなんとなくわかっている。わかっているけど、どちらも声に出さなかった。

出さないと、思いは伝わらないのに。

「ていうか、お弁当届けてあげたんだからなんかおごってよね」

わかったよ、と言おうとした時に俺の肩に乱雑に腕が回される。

その腕の視線をたどれば、春馬だ。

「ねーなんの話ー？」

にしし、と笑う春馬の髪は今日も明るい。

春馬は小学校四年生の時に同じクラスに転校してきた、昔からの友達。当初は無口で不愛想。さらには地毛が明るいことをみんなにからかわれて、クラスで孤立していた。からかっていたやつらはきっと自分にはない春馬の栗色《くりいろ》の髪が羨ましくて、それでいてそういう特別なものをもった春馬が妬ましかったんだと思う。

俺は親戚の姉ちゃんがド金髪になったのを見てすぐのことだったから、春馬の髪色はなんてことなかったし、なによりも春馬にすごく似合っていた。

だから俺は「庄司《しょうじ》くんは茶髪が一番似合うね」って、話しかけた。それがきっかけだった。よく考えれば春馬の黒髪を見たことすらないんだから、一番っていうのは変な言い方なんだけど。

でもその瞬間、春馬はずっと不愛想にしていた顔をくしゃくしゃにして大泣きし始めた。

春馬を泣かした疑いのある俺と泣きじゃくる春馬は放課後、担任の先生と三人で話し合いをした。春馬が「話しかけてくれて嬉しかった」と言ってくれたおかげで俺の疑いも晴れて、それからよくふたりで一緒にいるようになった。

今も時々春馬の髪を見て、校則で染められない不満をぶつけるやつがいるけど、春馬は笑って受け流すだけ。たぶん、本当に強い人っていうのは春馬のような人間のことを言うのだと思う。

「なに、飯田《いいだ》の愛妻弁当？」

春馬の言葉にあからさまに過剰反応した千鶴はバシ、と強く春馬の肩を叩く。

このふたり、本当に仲良いんだよな。似た者同士だし。

「ぜんぜん違うから！　このばか飛鳥が忘れたのを届けただけだから」

「ふーん？　もしかしたら飯田の手作り弁当で飛鳥の元気が復活するかと思ったんだけどなあ？」

「は？　なにそれ。てか、どういうこと」

「人気者の飛鳥くんが元気ないから、みーんな心配してんの」

春馬の大きな声に千鶴があたりをきょろきょろと見回した。俺もその視線を追いかければ、春馬の声に反応したクラスメイトや、教室に遊びにきた他のクラスのやつらも妙な面持ちで俺を見つめてうなずく。

すると、近くの席に座っていた女子三人が俺を心配そうな顔で見て、それぞれ言葉を落としていく。

「鈴川くん、今日朝からほんと元気ないから心配してるんだよ」

「すぐ難しい顔になるし。そうかと思えば泣きそうな子犬の顔するし」

「鈴川くんが元気ないと、うちらも元気なくなっちゃうんだよー」

優しい言葉にゆっくりと笑って「ありがとう」と言うと、彼女たちは少し満足気な顔になる。

ベシ、といきなり頭を叩かれてびっくりして俺を叩いた手をたどれば、千鶴。彼女は不機嫌な顔をしているけれど、それは心配の裏返しだ。

「なんかあった？」

千鶴のはっきりとした声。チラリ、と視線を横にずらせば春馬も俺を真っすぐに見つめていた。

一瞬、朝の放送の件が喉元まで込み上げた。でもそれが俺の言葉となる前に、朝の放送から紡がれた女の子の声を思い出し、俺はそっと呑み込んだ。女の子の放送が誰にも言えないSOSなのだとしたら、唯一の心の叫びの場だとしたら、それを簡単に踏みにじっちゃいけない。

放送を聞いた俺がひとりで、彼女を救い出すしかない。

そう思った時には、自分の口からでまかせが飛び出していた。

「なんだか夕べ、眠れなくてさ。ホラー映画観ちゃって」

そう言って笑う俺に、千鶴はじっと俺を見つめた後、再度、俺の頭を叩いた。

「ほんとヘタレ」

千鶴の言葉に笑いながら、春馬が続ける。

「まあまあ、ヘタレ飛鳥くんも愛してあげようじゃないか」

春馬はポケットから取り出した絆創膏《ばんそうこう》をなぜか俺に渡す。

それを受け取りながらも首を傾げれば、「頭の中にでも貼りなさい」と笑われた。

俺はその茶化しに思わず気持ちが緩んで、笑いながら絆創膏をズボンのポケットにしまう。

思い詰める俺をふと立ち止まらせてくれるのは、いつだってこのふたりだ。

「ただのばかなんじゃん？」と千鶴のひと言で春馬が大笑いするのを眺めながらも、どうしても俺の頭の中はあの放送のことでいっぱいだった。


それから俺は放送の女の子を探し始めた。

朝はとにかく早く学校に行った。月曜日以外はサッカー部の朝練があるからそれよりも早く学校に行き、ただひたすら放送を、彼女の声を待った。それでも再び彼女の放送が流れることはなかった。

昼休み、みんなと教室でごはんを食べてから、俺は購買で飲み物を買ってくると言って抜け出した。

最初の頃は、授業の合間の十分休憩や移動教室のタイミングに彼女を探していたけれど。声だけしかわからない状況で見つけることなんてできないと思ったし、なによりも時間が足りなかった。

さりげなくいろんな教室を覗き込みながら廊下を歩く。日によってなるべくバラバラに教室を回るように、少しでも見逃すことがないように。今日は二年生、三年生、一年生を回った後に、棟の違う進学クラスの教室を巡回する予定だ。

「あ、鈴川」

にょき、と教室の窓からひとりの男子生徒が現れる。一年生の時に同じクラスだった高橋《たかはし》は、驚いた俺の顔を見て楽しそうに笑った。

「高橋、久しぶりだね」

彼のもとに近づけば、高橋の教室からたくさんの視線を感じる。気にしないようにして、さりげなくクラスを見回すと、騒がしい教室にぽつん、とひとりで机に突っ伏している男子生徒がいるのが見えた。

「俺は久しぶりじゃないけどね、鈴川」

そんな声が落とされて、俺は視線をひとりぼっちの彼から高橋に戻す。

目が合うと、彼は不思議そうな顔で俺を見つめる。

「最近よくひとりで徘徊《はいかい》してるよな。なんかあるの？」

高橋の言葉は他の人からもここ最近よく投げかけられるが、俺はいつもと同じく、なにも言わずに軽く笑って首を横に振る。そしてもう一度、机に突っ伏す彼に視線を移した。

「ねえ、あそこで机に突っ伏してる人って……」

そう高橋に聞けば、高橋は俺の見ている先を追いかけるように振り返った。

ふたりの視線が注がれても、机に突っ伏している彼は微動だにしない。

「ああ、なんか徹夜でゲームしたから今日は一日寝るって豪語してたよ」

高橋の呆れたような声に、ホッと胸を撫で下ろす。その気持ちが顔に出ていたのか、高橋は訝《いぶか》しげな顔で俺を見た。

「アイツがどうかした？」

「あ、いや」

彼がいつもひとりぼっちじゃないってわかったら大丈夫、なんて言えない俺は誤魔化すように笑った。

彼女の放送を聞いて以来、やけにひとりぼっちでいたり浮かない顔をしていたりする人が気になるようになった。教室にひとりでいることが悪いわけではない。ひとりぼっちに〝されている〟のかどうかが気になるのだ。

でもそれで気がついたことがある。自分が思っているよりも、そういう人が多いということ。そして、今まで自分がどれだけ周りに無関心だったかってことも。

なんとなくだけど、いつも周りの人たちを気にかけているつもりだった。でもそれは〝つもり〟で、自分の思い上がりでしかなかったのかもしれない。結局自分が見えているのはせいぜい仲のいい人たちくらいで、それを〝周り〟と呼ぶにはあまりにも範囲が狭すぎた。

「鈴川くん、高橋となに話してるのー？」

ふわりと、甘い香りが鼻をくすぐった。

高橋と同じ窓から数人の女の子たちが笑顔で訊いてくる。すると、高橋くんが「来たな、きゃっきゃ軍団」と彼女たちを茶化した。高橋くんをバシバシと叩きながら笑う女の子たち。しばらくその様子を笑顔で見ながら、俺は教室の時計で時間を確認した。

「ごめん、俺もう行かなくちゃ。高橋、ありがとね。みんなもまた」

唇を尖らせる女の子たちに笑いながら手を振り、高橋にもう一度、挨拶をして廊下を歩きだす。

教室を見ながらも、廊下ですれ違う生徒たちの声を聞く。

いつも頭にあるのは放送で一度だけしか聞いたことのない彼女の声。この学校にいるはずなのに、何百人という生徒に埋もれた彼女を見つけることができない。

見つけることができなくても放送を聞いたあの日から、彼女の声を忘れることはなかった。淡々としていて、ひどく落ち着いた、それでもどうしようもなく弱々しく、か細い声。

もし、彼女を見つけ出したら、話を聞いて、どうするか一緒に考えて。彼女がいいと言うのなら先生にも相談して、彼女を苦しめる人たちともきちんと話して。

着々と自分なりの解決策を脳内に並べていく。ネットやテレビ、書籍、新聞記事からいじめについて学べることをとにかく頭に詰め込んだ。

調べている時に『sticks and stones may break my bones but words will never hurt me』という言葉を見つけた。直訳すると『棒や石は骨を折るかもしれないが、言葉は人を少しも傷つけない』。つまり、『言葉でなにを言われたって傷つくわけじゃない』という意味だ。これが昔、アメリカがいじめに対して取ってきた基本的な態度だという。

本当に言葉で人は傷つかないというならば、世界中のどれだけの人から悲しい顔がなくなるだろう。

とくに気軽にネットを濫用《らんよう》できる今は、言葉の暴力はより過激になっている。匿名で、且つ相手の顔も見えない、そんな状況の中、ネットの世界ではいつも誰かが誰かに鋭利な言葉を放って傷つけている。

俺たちはまだまだ未完成な子供だ。言葉を跳ね返せるほどの強さも、自衛する力もない。

現に、放送の彼女だって言葉の暴力で苦しんでいるのだ。

いじめについて調べれば調べるほど、答えは遠のいていくばかりだった。

それはひとつとして同じいじめはないからだ。いじめに完璧な答えはない。

そして、いじめられて苦しまない人はひとりもいない。

「飛鳥くーん」

三年生の階にたどり着けば、教室から大きな声が飛んできた。ぐるぐると思考をめぐらしていた俺はワンテンポ遅れて、そちらに顔を向ける。

彼女はスカートの上から、リボンをつけた有名なネズミのキャラクターが描かれたピンク色のブランケットを巻いて、女子に囲まれながらにこにこと俺に手を振っている。彼女の友達は俺をちらちらと見ながら、彼女に問いかける。

「美和《みわ》、鈴川くんと知り合いなの？」

「え？　ぜんぜん知らない。でも最近よく廊下で見るから挨拶しとこうかと思って」

俺は笑い返しながら小さく頭を下げて、教室の様子を窺《うかが》いながら歩みを進めた。

耳と目で、彼女らしき人物を探し続ける。でも、結局、見つけられない。まったくの赤の他人を、いざ耳と目だけで探すとなるとこんなにも大変なのかと思い知る。

すべての教室を回りきり、念のために保健室側の廊下も歩いていると、視線の先に知っている背中を前に見つけ、迷わず声をかける。

「隆也《たかや》！」

俺の声にびくっと上がった肩。振り向いた顔は仏頂面で三白眼《さんぱくがん》が際立っている。

襟足まで伸びた黒髪に、耳にはたくさんのピアス。くたびれた制服はだらしなく着崩されている。少し苛立った様子から、きっと今から生徒指導室に行くんだろうなと勘づいた。

隆也は登校すると必ずと言っていいほど生徒指導室に呼び出される。それでも反抗したりせずきっちりと反省文を書くから先生たちも首を捻っているって、学年主任がつぶやいていたことがあった。

騒がしい昼休みだけれど、わざわざ昼休みに教室から離れたこの廊下を使う生徒はいない。隆也は首を動かしてあたりの様子を窺ってからこちらを向いた。

「隆也は今日もバイトなの？　てか、いつになったら俺ん家、遊びにくるんだよ」

隆也の隣に並んでそう言うと、彼は溜め息交じりの息を吐き出す。これはあれか、呆れてるのか。……まあ、隆也がどんなに呆れても遊びに誘うのは諦めないけど。

「面倒くせーなあ」

そう言いながらも、隆也は俺を見て微笑む。

隆也が口を開いてなにか言おうとした瞬間、俺の背後から楽しそうな女子の笑い声が聞こえた。

　そのとたん、ハッと表情を変えてまるで俺とは赤の他人だといわんばかりに、歩きだす隆也。その背中に向かって慌てて声をかけた。

「隆也、ちょっと待てって」

　だが、俺の言葉に振り向いた隆也は怒気をはらんだ表情だった。

　いや、強がってそんな顔を見せている。

「うっせえんだよ！　話しかけんな！」

　低い声でそれだけ吐き捨てた。

「隆也……」

　そして、俺の返事なんて聞かずに背中を向けて行ってしまった。周りでやり取りを見ていた女子たちの声が耳に滑り込む。

「なにあれ、コッワー」

「ていうか、鈴川先輩かわいそう」

　その声に堪らなく悔しくなって足早にその場を後にした。

　俺のせいで、隆也が誤解された。

　違うのに。俺がかわいそうなんて。そんなんじゃないのに。

　なにもできない自分に、情けなくなった。情けなくなってもどうしていいのかわからない自分にもっと情けなくて、腹が立った。

悔しさで髪をぐしゃぐしゃと手で乱す。その時、お昼休みの終わりを告げるチャイムが鳴り、俺は長い溜め息を吐き出しながらもゆっくりと歩きだした。

一階にいた俺は教室に戻るため、階段へと向かう。誰が開けたのか、廊下の窓から冷たい風が俺の身体を吹き抜けた。

この季節の風は冷たい。俺は窓を閉めようとそこに近づき、窓の鍵に手を伸ばしながら何気なく外を見渡した。その瞬間、視界の端になにかが映り込んだ。

校舎の外で、ひとりで歩く女子生徒の後ろ姿。

細い身体は今にもポッキリ折れてしまいそうだ。彼女が纏《まと》う雰囲気は、今まで見てきた、ひとりに〝されている〟人たちと同じように感じた。いや、言ってしまえばもっとひどく寂しげで、切なかった。

確信はもてなかったけれど、どうしても彼女の姿に胸が締めつけられていた。

校舎の日陰を黙々と歩く彼女はもうすぐ角を曲がって見えなくなってしまう。

慌てて彼女を呼び止めようと口を開いた。

「あ……」

「鈴川くん。なにしてんのー？　授業遅刻しちゃうよ」

だけど、後ろから間延びした声が聞こえて、俺は言葉を呑み込み、振り返る。そこには急ぐ様子のない女子生徒がふたり。彼女たちはにこにこしながら俺のもとに歩いてくる。

　俺は先ほどの女子生徒が気になりながらも、ふたりに向かって笑い返した。

「鈴川くん、三年生になっても生徒会立候補するの？」

「そしたらまた鈴川くんに投票するからね」

　その言葉に「ありがとう」とだけ返す。学校指定外のセーターで指先まで隠し、口元を隠しながら俺を見つめるふたり。

「でもさー、なんであんな生徒会入ろうと思ったの？」

　悪気のない女子生徒の声。俺は口角を上げたまま、じっと彼女の瞳を見つめ唇を開いた。

「あんな、なんて冗談でも言わないでほしいな。俺、生徒会のみんな大好きだからさ」

　俺の言葉にさっと顔を青ざめさせた彼女は、慌てて「ごめんね」と謝る。悪気があって言ったんじゃないとわかっているから俺は、なんでもないように笑った。

「それより早く教室戻らないとまずいよね」

　ポケットからスマホを取り出し、彼女たちに時間が映し出された画面を見せる。俺が「ほんとにやばいよ」と笑って言うと、彼女たちも俺に釣られて笑った。

　彼女たちが教室に向かうために階段を上がり始めた。

　俺は再び窓から顔を出し、ひとりぼっちの彼女を探すがもういない。

そのまま昇降口まで走って、上履きのまま外に出る。先ほど窓から見た校舎の外まで行ったけれど、もうそこには誰もいなかった。

授業が始まるチャイムが鳴っても、俺はしばらくそこから動けなくて、ずいぶん遅れて自分の教室にたどり着いた時に向けられたクラスメイトの視線は、驚きそのものだった。


「やっぱりアンタ、変！」

授業を遅刻したと聞きつけた千鶴が俺のところに乗り込んできた。

俺は机に突っ伏して、ひとりぼっちの女子生徒を見逃してしまったことを激しく後悔していた。

「聞いてんの？　ちょっと」

「飯田さん、落ち着いてー」

怒りを爆発させる千鶴をなだめる春馬の声が聞こえた。

黙り込んだ俺に痺《しび》れを切らした千鶴が低い声を落とす。

「いつも教室から出てってなにしてんの？」

「………………」

そんなこと、言えない。俺が明らかに沈黙を貫こうとしているのを見抜いた春馬が、俺の肩をぽんぽんと叩く。

「ま、俺もそれは気になってた。ひとりで行くって言って頑なだし。あのさー、俺たちはほんとに飛鳥を心配してんだぞ」

「……うん、ありがとう」

その優しさは堪らなく嬉しい。どうしようもなくぐちゃぐちゃになった俺の心ににじんわりと柔らかく染みわたる。でも、それとこれとは話が別だ。お礼だけを絞り出し、それ以降は口を閉ざした俺に、ふたりは呆れたように溜め息を吐き出した。

その時、教室に甲高い女の子の声が響く。

「……あの、鈴川先輩いますか？」

重たい頭をゆったりと持ち上げて、声のする方を見れば教室の入り口にふたりの女子生徒。椅子から立ち上がると、「チッ」と千鶴の舌打ちが聞こえた。

「どうせまーた告白でしょ」

千鶴の言葉に春馬はやれやれと笑う。

「人気者だからね。まあひとまず飛鳥の悩みは女関係ではないだろ」

「悩む余地ないでしょ。選びたい放題なんだから」

「いや、俺は飛鳥に告られたら悩むよ、いちおう」

「アンタは男だからね？　ってか悩むのかよ、すぐ振れよ」

ふたりの言い合いに思わず頬が緩む。たぶん、どんな薬よりもふたりの夫婦漫才のほうが傷も病気も癒してくれそうな気がする。

笑いの余韻を引きずったまま教室の扉付近で緊張したように佇《たたず》むふたりの女子生徒のもとに行く。

背の低いふたりを見下ろしながら柔らかく訊ねる。

「どうかした?」

すると髪の長いほうの女の子が俺に手紙を押し付け、ごにょごにょと小さな声でなにかつぶやくと、足早に教室から飛び出していってしまった。

俺たちの様子を面白そうに観察していたクラスメイトたちが騒ぎ始める。俺は手渡された手紙をじっと見つめた。

こうして手紙を手渡すことも、言葉を交わすことも、救い出すことも。放送の彼女を見つけ出せない限り、俺はなにもすることができない。

なにも、できないんだ。

涙のない泣き顔

毎日が平和で、平穏で、口の中で転がしすぎて飽きたアメみたいで、たまに吐き捨てたくなってしまうような、日々。

そう、思っていたのは、そんなばかなことを思っていたのは、俺だけなのかもしれない。

幸せな日常に甘ったれた俺の頭に、再び、雷が落とされた。

初めて放送を聞いた月曜日以降の四日間、放送が行われることはなかった。

そして迎えた次の月曜日の朝、なんの予告もなく放送は始まった。

《死にかけのクラゲの日記》

その声に、ピタリ、と自分の足が止まった。

まるで地面に縫い付けられたかのように、次の一歩が踏み出せない。教室の扉の前で固まる俺に降り注ぐ二度目の放送も相変わらず淡々とした声だった。

《十一月十三日、月曜日。靴を隠されたので上履きのまま帰宅。親に気づかれないようにするのが大変だった》

十一月十三日。その日は、俺が初めて彼女の放送を聞いた日だった。俺が友達と笑いながら帰っていた道を、彼女は同じ時間の中で上履きのまま帰っていた。

そう思っただけで、喉の奥が詰まる。

《十一月十四日、火曜日。体操服が切り刻まれていた。体育を見学することになったけど、体育教師には何回目なんだと怒られた》

指先が冷たくなって小刻みに震えていくのを感じる。これは、現実だ。夢なんかじゃない。

教室に設置されている時計の針の音が、やけに大きく耳に響く。響いて、俺の鼓膜を激しく叩いて、俺の心臓の脈を乱そうとしてくる。

《十一月十五日、水曜日。朝、学校に来たら教科書がなくなっていた。放課後、プー

ルで見つけた。水泳部が練習している時期じゃなくてよかった》

早く、彼女のいる放送室に行かなきゃと思うのに足が動かない。金縛《かなしば》りにでも遭ったんじゃないかって思うくらいに動かない。

《十一月十六日、木曜日。クラスメイトのひとりが誕生日で、みんなでカラオケに行くことになったみたいだけど、私だけは誘われなかった。代わりに教室掃除を押し付けられた》

俺は、なんのために校内を歩き回っていたんだろう。

この出来事に気づかなかったどころか、放送を知っても、なにもできていない。

《十一月十七日、金曜日。席替えをした。くじ引きだったけど、私の隣になった男子がずっと「席を替えて」「隣が嫌だ」と大声で笑いながら言っていた。みんな楽しそうに笑っていた。先生さえも》

ぐ、と唇を噛《か》み締める。彼女はまるで教科書を読み上げているようだ。被害を受けている当の本人とは思えないような抑揚のない声。

だけど、次の瞬間それがほんのわずかに乱れた。

《どんなに逃げたくても、壁、壁、壁、壁。ここはまるで小さな小さな瓶の中みたい。……クラゲは水の流れがないと沈んじゃうのに》

彼女の、ひた隠しにされていた本音。

その言葉に、熱いものがじわじわと込み上げてきてその思いを、堪えるのに精一杯でどうしようもなく情けない俺。

《何度も何度も、沈みそうになるたびにもがいたけど、もう、もがく力も、気力もなくなっちゃった》

はらり、と落とされた彼女の掠《かす》れた声に、鋭利な刃物で心臓を突き刺されたような感覚に陥る。

これは、おふざけや冗談なんかじゃない。そう、声だけで察せられるほどに彼女の声は生気を失っていた。

いつの間にか目頭から熱いものが広がって、その縁から、涙が落ちた。俺が泣く資格なんてないはずなのに、本当に涙をこぼすべき彼女が泣いていないというのに。

――俺は、一体なにやってんだ。

《……クラゲの体の、九十五％の水が涸れました。――来世は幸せになれますように》

その言葉に、ああ、もう時間がないんだと、追い詰められた。

俺はあれから調べて、クラゲは体のほとんどが水分でできていると知った。つまり、もう時間がないということだ。

《……死にたい》

どうすれば。俺はどうしたらいい？

どうしたら彼女を――。

「鈴川会長！」

我に返った先、俺の顔を心配そうに覗き込むのは同じ生徒会の烏丸《からすま》くん。

そうだ。金曜日の生徒会の集まりについての資料を頼んでいたんだった。

「会長、大丈夫ですか？　なんか顔色悪いですよ」

俺の顔を覗き込む烏丸くんに「心配いらないよ」と微笑む。そしてそのまま烏丸くんがつくってくれた資料に目を落とした。

「それで、地域向上募金の設置場所なんですが、どこにしましょうか？」

誤字ひとつない見やすい資料から、目線を烏丸くんに移す。猫背に、分厚い眼鏡。

「烏丸くんはさ、どこがいいと思う？」

俺の問いに烏丸くんは一瞬、考え込んだが、すぐに回答する。彼はこの問いについて、いくつかの候補を考えてくれていた。

「生徒がもっとも行き交う各棟の昇降口が無難だと思います。でも先生方からも寄付を募ることを考えると、職員室前もいいんじゃないかなとも思います」

「じゃあ今言ってくれたところにしよう。烏丸くんの案として先生たちに報告するよ」

「いや！　そ、それは、あの、無理ですよ！」

いつもはもごもご話す彼が声を張り上げた。

その大きな声を、自分を否定するためにしか使っていないなんて、どうしても、もったいないと思ってしまう。

きっとこれは、彼の癖だ。いつの間にか覚えてしまったもの。烏丸くんは素直に自分を認めようとせず、後ろへ後ろへと下がろうとする。

せっかく、素敵なものをたくさんもっているのにな。

「僕の案なんかより、会長の案として出したほうが、すんなり通ると思いま——」

その声を遮るように予鈴が鳴る。

烏丸くんは言葉を続けることなく、俺に頭を下げると行ってしまった。

俺はそんな彼の丸みを帯びた背中を見て、またなにもできない自分に減点をつけた。


授業中のノートの端に、「クラゲの日記」の内容を書き込んでいく。

それは自分でも驚くほどに俺の頭に染み込んでいて、書いたその文字を目で追うたびに胸が引き裂かれるような気持ちになった。

俺が、こんな気持ちになる。なにも被害を受けていない俺が。だったら、本人はどんな思いをしてる？　毎日どんな気持ちでこの学校に来ている？

考えれば考えるほど、自分自身を追い込んでいくような感覚に陥る。答えのない難問を解くために、真っ暗な部屋に閉じこもっているみたいだ。

「——同じく一九四〇年代、忘れてはならないのがナチス・ドイツによるユダヤ人絶滅政策、ホロコーストですね」

授業中の川田《かわだ》先生の声が、俺に届いているはずなのに身体の中に落ちてこない。すり抜けていく。ぜんぜん、頭に入らない。ちゃんと、聞こえているのに。観もせずにただ流れているテレビと同じ。

苦しくて、苦しくて、永久に終わりの見えない迷路にでも突き落とされたような気さえして、思わず机に突っ伏した。

「ナチス・ドイツはおよそ二万ヶ所の収容所を開設しました。なかでも、有名なのが、最大規模であるアウシュヴィッツ強制収容所です。およそ六百万人もの人々が、ただユダヤ人であるという理由で迫害され、虐殺されました」

先生の声が、みんなが何気なく立てる音が、堪らなく大きく聞こえるのに、それよりも自分の脈打つ心臓の音がうるさい。

いくら自分を叱咤《しった》しても、答えなんて出なくて。

今まで、「いじめ」に関して受けた授業や講習が、これっぽっちも今の俺に役に立たないことを思い知らされた。

「知らない方もいるかもしれませんが、ホロコースト以前にユダヤ人と同じように大量虐殺された人々がいます。一体、どのような人かわかりますか？　では、藤枝《ふじえだ》さん」

藤枝さんが、「えー？」なんて甲高い声を上げてすぐ、考える素振りも見せずに「わかりません」と告げる。みんながざわざわとなにかしらの反応を示しているのに、俺はそれをただただ、雑音のように受け止めているだけだった。

そもそも助けるってどこまで？　どうすれば、彼女はこの学校に安心してこられるようになる？　俺が彼女を見つけていじめているやつらに「やめろ」と声を上げて、それからどうなる？　それで「いじめ」がきれいさっぱりなくなるくらいなら、いじめがここまで社会問題として取り上げられることはないだろう。

つい最近まで、彼女さえ見つければ簡単に解決できるんじゃないかと心のどこかで思っていた。けれど、考えれば考えるほど解決の糸口が見えなくなっていく。目の前に提示されているのにどうにもできない問題に、俺は追い込まれ始めていた。

「――正解は、精神障害者や知的障害者などです。彼らはナチス・ドイツだけではなく、医師や学者などのさまざまな人々の考えによって殺されました」

それでも、こんな俺よりもよっぽど彼女のほうが苦しんでいるということだけが、今確信できるたったひとつの事実だ。

川田先生の抑揚のない声が、止まる。

コツコツと、黒板になにかを書き込む音がして教室中にそれが響く。

「そのような虐殺に対し、沈黙を続ける人々の中で、声を上げたのがクレメンス・アウグスト・フォン・ガーレン司教です」

板書しなければと、無理やり顔を上げた先には赤文字で〝クレメンス・アウグスト・フォン・ガーレン司教〟と書かれていた。俺は、この人みたいに、声を上げることができるのだろうか。

いや、できていないだろ、現時点で。今、まったくなにも、できていない。

「いじめ」の〝その先〟の問題まで止めなければ、一時の起爆剤程度にしかならない。

いや、それどころかへたをしたら攻撃がひどくなるかもしれない。

彼女を見つけてその瞬間は助けられたとしても、その後からもっともっと陰湿で執《しっ》拗《よう》ないじめが始まってしまったら、とてもじゃないけれど救えたなんて言えない。

「彼の説教から、わずか二十日間でヒトラーは障害者らの安楽死政策である『T4作戦』の中止を命じます。独裁者である彼も、民衆の声や反応に影響されたということです」

俺の声は、誰かに響くのだろうか。誰かに影響を与えることができるのか？　彼女にはたして届くのか？

そう思っているうちに、いつの間にか授業が終わっていた。

号令に反応しない俺を、後ろの席の友達が肩を叩いて教えてくれた。

俺は慌てて頭を上げる。そして、はちきれそうなくらいに肥大化したこの感情を抱えきれなくなって、川田先生のもとに向かった。

それくらいなにもできないでいることが辛かった。だが、当事者の彼女はもっと辛い状況にいるとわかってしまうことが、なおさら、俺の心を苦しめていた。

「先生」

俺の声に、川田先生は教室を出ていく足を止める。

「鈴川くん、どうしたの。めずらしく授業に集中できていなかったみたいだけど」

先生は生徒のことをちゃんと見ている。

具合が悪い生徒や、精神的に不安定になっている生徒にいち早く気づいて何気なく声をかけられる。そんな川田先生をすごいと思う。

俺は先に謝りを入れて、授業中に目まぐるしく身体の中にうごめいていたそれを吐き出そうとした。

この学校にいじめがあるんです、俺はどうしたらいいんですか？と。

喉元まで言葉が込みあげてそっと口を開いた。

「……金曜日の生徒会の話し合いで決まったことを、月曜日のSHR《ショートホームルーム》で連絡しても構いませんか？」

言えなかった。いじめを告発する言葉は、喉の奥につっかえた魚の小骨のように吐き出すことができなかった。

やっぱり〝その先〟を考えて、言ったところでどうなるのかと思ってしまった。

「はい、構わないですよ。他にはなにか？」

「……いえ、大丈夫です。ありがとうございます」

俺の言葉に、うなずいた川田先生はわずかに怪訝《けげん》な顔をしながらも、教室を後にした。

俺は自分の席に戻るために振り向く。俺の目の前に広がる教室は相変わらず、騒々しかった。

その騒がしさが堪らなく幸せな場所なんだよなと思うと、胸が詰まる。

このクラスにかろうじていじめはない。そりゃあ、お互いに気持ちが高ぶって言い合いになったりはするけど、それを悪いことだとは思わない。

スマホ片手に談笑する女子たちや、ゲームをする男子たち、とにかくハイテンションでしゃべり倒す男子の横で、お菓子を広げて談笑しながら食べているグループ。

みんながこの状況を当たり前だと思っている。俺も当たり前だと思っていたし、それを疑いもしなかった……ほんの一週間前までは。

でも、これがどれほど幸せなことなのか今は身に染みてわかる。

俺たちが楽しく過ごしている間にも、彼女はこの同じ学校で、苦しみに押しつぶされそうな時間をきっと過ごしている。

それがどうして彼女でなければならないのか、俺にはわからない。そして、どうして俺たちじゃないのかも。

俺や、今クラスにいるみんなのうちの誰かが、なにかの拍子でいつ被害者になるか、もしくは加害者になるのかなんて、誰にもわからない。

「飛鳥、どうした？　そんなとこに突っ立って」

ぼうっとクラスのみんなを眺めていた俺は、春馬の声でハッとする。

このままでは自分がどうにかなってしまうような気さえして、苦笑いをしながら春馬とその周りの男子たちのもとへ行く。

春馬は不思議そうな顔で俺を見ていたけど、とくに詮索してくることはなかった。

俺は周りの男子たちのふざけた冗談がやっぱりどうしても遠くに感じてしまっていた。心から笑えない。同じ輪の中にいてもまるでひとりぼっちのような気さえした。

つねに心のどこかで〝それ〟が引っかかって、俺の感情に小さな棘《とげ》を突き刺すんだ。

その棘を無理に引っこ抜こうとした拍子に、ぽろり、と声が落っこちた。

「……なあ、もし〝いじめ〟があったって知ったらどうする？」

先生にはとうてい言えなかった言葉が無意識にこぼれ落ちていた。

大人たちの意見ではなく、俺と同じ高校生の彼らがどう思っているのかを知りたい。そうやって少しでも気持ちを共有して、きっと俺は楽になりたかったんだと思う。

「は？　どうしたいきなり！」

だけど、周りの反応は俺の予想とははるかに違った。

一瞬の困惑の後に、ぶはっとみんなは吹き出すように笑った。春馬以外の、みんなが。いや、俺が勝手に期待していた反応とは違ってただけで、これがきっと普通なんだろう。

……だって、自分には関係ないことだから。

「もしかして鈴川いじめられてんのかー？」

その悪意のないふざけた声に、〝彼女〟の件は心の奥に隠して、ゆっくりと首を横に振った。

「そうじゃなくて、今朝、いじめで……自殺した中学生のニュース見たからさ」

俺はそのニュースを見て、背筋が凍った。

《……クラゲの体の、九十五％の水が涸れました。――来世は幸せになれますように》

彼女の声が頭の中で響いて、もうごはんが喉を通らなくなるほどにはその出来事を他人事《ひとごと》とは思えなくなっていた。

俺ひとりが泣いたってどうにもならないのに、いつの間にか必死に涙を堪えている自分がいた。

「自殺する勇気があるなら逃げればよかったのにな」

「つーか、いじめられるより自殺するほうが怖くね？」

げらげら笑いながら冗談を飛ばしてくる友達。

俺は憤慨しそうになる気持ちを堪えて笑い返した。ここで怒るのは、それは俺の一方的な感情だ。でも、いじめを知らない、知ろうとしないからそんなことが言えるだけだよって思ってしまった。

『逃げればよかった』なんて、なんの根拠もなくそう言いきれるほど、俺たちは自分と現実を熟知できているはずがないのに。

「いや、いじめてくるやつらに普通に『やめろ』って言えばよくね？」

「逆にいじめるやつらをぼこぼこにしたくなるよな」

笑いながら飛び交う、いじめに関する声。

これが現実だ。

俺だって、きっと「あの放送」を知らなかったら、至極楽観的に、まるで主役のヒーロー気取りで似たようなことを語っていたと思う。

でも、〝本物〟に直面した時、俺は自分が無力であることを思い知った。

「………………」

なにも言えないでいると、剥がれかけのワックスのかかった床に椅子の脚が擦れて、ギイ、と音を立てた。

「飛鳥、ちょっと付き合ってくんね？」

「え？　あ、おう」

いきなり立ち上がった春馬に、俺は条件反射のように返事をしていた。

こいつは俺の問いかけにひとりだけ笑わなかった。ずっと俺の顔を見て、眉間にシワを寄せていた。

すると輪の中の男子が立ち上がった春馬に訊ねる。

「どこ行くんだよ」

春馬はその問いかけに、珍しく相手の顔を見なかった。そして自分のリュックの中を探りながら言葉を返した春馬。

「ちょっと飯田に用事。飛鳥がいたほうがアイツの機嫌良いからさ」

そんな春馬に彼らは納得したように相づちを打った。

俺も立ち上がって、もうすでに話が変わっている輪の中を春馬とふたりで抜ける。と、その時、教室の窓際のグループに声をかけられる。

「鈴川！　放課後、体育館でバスケしようぜ！」

その声に振り返りつつも、今日は美化委員会の春馬の手伝いをする約束を思い出し、断る。

「ごめん、今日、先約あるんだ」

「ちぇー。じゃあまた今度な」

返事をして、教室の扉の前で俺を待つ春馬のもとに行く。「ごめん」と言おうとする俺よりも、春馬が先に口を開いた。

「俺のことは気にしないで、バスケに行ってくればよかったのに」

にしし、と笑う春馬の眉はほんの少し下がっている。

なんで、お前はすぐ自分から引いちゃうんだよ。いつもそうだ。

春馬は自分を過小評価しすぎだと、よく千鶴も言っている。春馬が時々見せる自信のない笑顔に堪らなく悔しくなる。

「ばーか、俺が決めたことだからいいんだよ」

その後ろ姿に追いついて、バシン、と勢いよく背中を叩いてやった。

俺はお前に助けられてばっかりなのに。きっと今だって、春馬は俺の気持ちを汲《く》んでくれた。

本当は千鶴に用事なんてなかったのだろう。

その証拠に向かうはずの千鶴がいる教室はもうとっくに通り過ぎていて、新たな目的地である自動販売機に向かい始めている。

俺は、ほんの少し前まで、無意識に誰かを助けたことや頼られたことばかりを記憶に残していた。そうすれば自分がこの場所にちゃんと立てていると思えたから。

でも今はよくわかる。俺は周りに助けてもらってばっかりだ。

周りの助けがないと、俺はろくにひとりで立ってすらいられない。

現に俺は今、もう倒れる寸前だった。

それでも「助けてほしい」とは、言えなかった。

「俺も朝、見たよ。中学生が自殺したニュース」

春馬の真剣な声に、うつむきかけていた顔を上げた。春馬は、ポケットから財布を取り出し、小銭を自動販売機に入れ始める。

なにも言わない俺に、春馬は自動販売機に視線を合わせたまま言葉を紡いでいく。

「飛鳥と出会わなかったら、もしかしたら俺もって、最初に思ったよ」

驚いて春馬を見つめる俺に、けたけたと乾いた笑いをこぼす。自動販売機の取り出し口から二本のパックジュースを抜き取ると、一本を俺に向けて軽く投げた。

戸惑いの抜けない俺に笑みを向けながら、春馬は冗談を飛ばす。

「太っ腹、春馬くんのおごりー」

そんな春馬に釣られて笑いながら「ありがとう」とつぶやき、パックジュースにストローを突き刺す。ふたりで人通りの少ない渡り廊下の段差に腰掛けた。

「……俺、春馬がそんなこと思ってたなんて知らなかった」

無意識に吐き出していた。いつも明るい春馬からそんな言葉が繰り出されるなんて、本当に微塵《みじん》も思っていなかったから。

「そりゃ言ってねーもん。言わなきゃわかんないでしょ」

けたけた、とまた春馬が笑う。パックジュースを軽く押しながら、ストローで中身を吸い上げる。いちごの香りが口から鼻に抜けて、それと同時に口内に甘ったるい、それでいてとても優しい味が広がった。

隣の春馬に視線を投げかけると、春馬は真っすぐに前を見つめ、遠くの景色を眺めていた。

春馬の栗色の髪はわずかな風にもふわりと揺れる。

「転校してきて誰も知らない環境に放り出されてさ、人見知りなうえにこの髪だろ?」

春馬が転校してきた小学校四年生の時の話をしているのだと察する。俺はじっと彼を見つめたまま言葉の続きを待つ。

何気ない顔をして、笑いながら、春馬は過去の話をする。

「苦しかったんだよ、ひとりぼっちっていうのがさ。嫌なことされんのも言われんのも嫌だったけど、なによりもひとりぼっちっていう環境が苦しかった」

当時、不愛想でなにを考えているかわからないとみんなに言われて、明るい地毛のことをさんざん茶化されても、春馬は気にした様子もなく机に座ったまま外を眺めていた。

強いやつなんだなあって思った。すげえ大人だなあって勝手に思っていた。

渡り廊下は壁がない分、風が真っ向からぶつかってくる。冷たい風が俺と春馬の身体を撫でてそのままどこかへ流れていく。

春馬の微かに鼻を啜る音が聞こえた。ほんの少しだけ、その音は涙の欠片《かけら》が含まれているようだった。

「俺はさ、ただただ飛鳥が話しかけてくれたことが嬉しかったんだ。助けてほしいなんて、ひとりぼっちの俺には言う人すらいなくて」

過去の寂しさを引きずったような春馬の掠れた声。

「そんな時に、飛鳥はちゃんと俺を見て声をかけてくれた。そんなお前に、俺は、救われたんだぜ。あの瞬間、ひとりぼっちじゃないって飛鳥が思わせてくれたんだ」

真っすぐな春馬の言葉に、胸がじわりと熱くなる。やっと春馬はこっちを向いて、照れくささを隠すように、にししと、はにかんだ。

そんな春馬に笑い返しながら、ほんの少しうつむく。

春馬がそんなふうに思ってくれるほど俺はできた人間じゃない。実際に今、俺は彼女のためになにもしてやれていない。

「……俺はなにもできないんだよ。あの時だって、春馬を救いたいとかそんな大それたことは思ってない。ただ、春馬と友達になりたかったんだ。春馬の栗色の髪がかっこいいって、似合うよってお前に伝えたかっただけだし」

どんどん弱々しくなる俺の声。すると、どす、と春馬が俺の肩をグーで小突いた。

その顔は固く口を結んで、不服そうだ。

「それだって。お前のすげえとこ。そういう真っすぐな何気ない飛鳥の思いに救われてるやつ、たくさんいるんだからな」

そこではたと気づく。

俺は今、春馬に救われている。

ひとりでなにもかも抱えているつもりだった。でも、こうして遠回りな春馬の優しさに救われている。

春馬や千鶴はいつも俺を気にかけてくれている。実際に心配だと、そう言ってくれた。それに甘えてしまってはいけないと思ったけれど、その言葉がけに救われていたことは事実だ。

――いつだって俺はひとりなんかじゃなかった。

ぐっと込み上げる思いを堪えるように下唇を噛み締めた。春馬はそんな俺の顔を見て、ホッと安心した表情を浮かべた。

「なんかお前、ぐちゃぐちゃひとりで悩んでるみたいだけどさ、悩む暇があんならもういっそ好きなように動けば？　失敗してもさ、まあ、うん、生きてりゃ大丈夫。死ななければ、何回でもやり直しきくから、うん、たぶん」

春馬の言葉に、思わず笑う。

肥大化し続けたほの暗い気持ちに、そっと晴れ間が差し込んだ。

春馬は勢いよく立ち上がり、小さな段差を蹴飛ばして大きくジャンプした。

ぐーっと伸びをして、俺の方を振り返る。

「まあ、飛鳥の気持ち全力でぶつけりゃ、きっと大丈夫なんじゃね？　ってか、なんに悩んでんのかよく知らねーけど」

俺は込みあげる嬉しさを隠すように立ち上がり、春馬の真似をして段差を蹴飛ばしてジャンプする。春馬の隣に並び、教室に向かって歩きだした。

飲み終えたパックジュースをべこっと押しつぶすと、飲み残しが俺の指につく。隣の春馬は寒そうにポケットに手を突っ込みながらも、その横顔はどこか満足気だ。

「まあなんかあったら、春馬と千鶴が一生かけて俺のフォローしてくれるもんな」

そうつぶやき、指についたいちごミルクをわざと春馬の制服で拭く。

春馬は「やめろー」と悲鳴を上げながら、俺に空のパックジュースを投げつける。

でも、そんな春馬が俺にぶつけた言葉には優しさが詰まっていた。

「もういいよ！　とことんお前がやりたいようにやれよ。どこまでも応援してやるから！」

窓から差し込む光が、春馬の髪色を美しく輝かせた。

嗚呼、やっぱりコイツには栗色の髪が一番似合う。

金曜日の放課後。

俺は、生徒会室に置きっぱなしになっていた絵の具を抱えた。出口のところで振り返り、帰り支度をする生徒会のみんなに告げる。

「じゃあ、お疲れさま。俺、これ美術室に返したらまた戻ってくるから鍵は開けておいて」

「ありがとうございます！」

生徒会の話し合いも終わって、俺は借りた絵の具を返すために美術室に向かって廊下を歩きだす。

彼女を探す日々を続けながら、なにか学校でできることはないかと考えていた。いじめ防止の集会や、いじめアンケート、相談室……。でもどれも正直、今の彼女を救える可能性として考えるとなんともいえなかった。

なによりも放送で紡がれる悲惨な出来事や、彼女の生気を失いかけた声から、時間がないことを感じていた。

なにか、なにか、と一向に思い浮かばない〝なにか〟を探し続ける。

放送は月曜日以外には行われないことは薄々わかっていたけれど、どうしても毎朝早く学校に来ては、その時間になるとひたすら耳を澄ましている自分がいた。

答えなんて、救いなんて、ないのに。

廊下の窓から、グラウンドが見える。

野球部やサッカー部、テニス部や陸上部が練習をしているグラウンドの隅で、美術部顧問を見つけた。その周りには大きな白いキャンバスを立てた美術部員たちが懸命に絵を描いている。

……もしかしたら美術室、開いてないかもなあ。

そんなことを思いながら、美術室にたどり着いた俺は、半ば諦めの気持ちで扉に力を込めた。

「あ、開いてる」

俺の思いとは裏腹に、その扉は簡単に開いた。

俺が美術室に入ったと同時にバサッ、と中からなにかが落ちる音がして、慌ててそちらに顔を向ける。

そこには、ひとりの女子生徒。

スケッチブックが並ぶ棚の前で、真新しいスクールバッグ片手にひとり佇んでいた。

ひどく怯えた顔でこちらに顔を向けた彼女は、俺の顔を見てどこかほっとしたような顔を見せる。

柔らかそうな猫っ毛に、色白で不健康な細すぎる身体。

交わった先の瞳は、色のない真っ黒そのもので。虚ろでいて、怯えをはらんでいた。

きゅっと固く結ばれた唇はまるで縫いつけられたように開く兆しは見えない。

必死でありきたりな女子生徒を演じているような彼女の無表情は、まるで涙のない泣き顔だった。

俺より先に、合わせる視線を下に落とした彼女は、そのまま身を屈めて一冊の美術のノートを拾い上げた。

彼女の足元は来賓用の学校スリッパだった。高校生にエンジ色のそれは似合わない。不格好なのに、やけに履き慣れているみたいに見えた。

俺が絵の具を片付けるために歩きだすと、彼女は慌てて棚にノートを無理やり押し込む。

そしてすぐさま美術室の出口に向かって、大きめなスリッパをぱたぱた、と控えめに鳴らしながら歩きだした。

何気なく、彼女を目で追う。

二週間近く校内を歩き回っていたけれど、見覚えがないといってもおかしくないくらいの生徒。

でも、俺の心にものすごく引っかかる彼女。

先ほどの怯えた顔とは違って、とても冷たくきつい表情のまま彼女は美術室を出ていった。

……その背中には、チョークの粉が無造作についていた。

そしてその後ろ姿に既視感を覚えた。あれは……たった一度だけ、あの窓から見た後ろ姿。

俺は無意識に彼女がいた棚の方へ向かっていた。

絶対にやってはいけないことだとわかりながらも、逆に必ず確かめなければならないことだとも思った。彼女のノートはなぜか、隠されるように卒業生たちの棚にあった。きちんと整理されて収まる中に、彼女が無理やり押し込んだ美術のノートだけがわずかに飛び出していた。

俺は震えそうになる手でそれを引き抜く。不可解な心音を鎮めることなく、ゆっくりとページをめくった。

そこにあったのは、真っ白な紙の片隅に〝小さな瓶に閉じ込められたクラゲ〟の絵だった。

「………」

なにかが、じりじりと、込み上げる以前に、俺の目からは涙がこぼれ落ちていた。気持ちよりも涙が先行するなんて、初めてだった。

視界が、ぐにゃり、と歪んで、何重にも涙で覆われた瞳で見る彼女の絵はあまりにも悲しい。

瓶の中は、何度も何度も水を重ねられたようで、もう紙がよれてしまっている。

瓶の奥底にぽつんと青の絵の具を直に落とされた痕跡があるだけで、あとはそれを必死に水で薄めては引きのばしたような絵。

もう水はないに等しく、クラゲがぎりぎり生きていけるかどうかの水しか入っていない。

そうか。そうだったんだ。

——ああ、きみだったんだ。

「……ごめん……ごめんね、」

ぽたぽた、と俺の涙が彼女のノートに透明のシミを作っていく。

喉の奥がなにかに締めつけられたように苦しくて、熱くて、ただただ下唇を噛み締めてその痛みに耐えた。

きみはどんな気持ちだった？　きみは今までどれだけ苦しい思いをした？

落ちては、じわりとにじむ。

たった一粒だけ、俺の涙が瓶の中に水をつくった。

きみは、一体どんな気持ちだったのだろう。どんな気持ちで、どれだけの苦しさで、この絵を描いていたの？　……今、きみは今、なにを思っている？

俺はすぐにノートを元の位置に戻し、彼女を追いかけるために美術室を飛び出した。

とにかく今すぐ追いかけないと、彼女がもう帰ってこられないところまで行ってしまう。なぜだか、そう、ハッキリと感じた。

すれ違う友達に声をかけられたけど、返事をする余裕なんてなかった。

昇降口を上履きのまま飛び出し、あたりを見回し、彼女を探し求める。

彼女は、どこ？　どこにいる？　どこに？　どこにいるんだ？

と、校舎の陰になっている裏口に華奢《きゃしゃ》な背中を見つける。

「ねえ！」

足早なその背中を引き止めるために走りながら声を上げた。彼女は、あたりを見回した後、ゆっくりと振り返った。

一瞬怯えた後に、俺を見て冷める顔。買ったばかりのスクールバッグに、傷ひとつない真新しい光沢のあるローファー。

振り向いた彼女としっかりと目が合う。

目が合っているはずなのに、俺たちはどこまでも違う場所を見ている。

それが無性に悲しかった。悲しいくせに、それはどうしようもなく正しかった。そこに間違いはひとつもなかった。

呼び止めたくせに、なにも言葉が出てこない。なにも。なにひとつ。彼女を救い出せる言葉がなにひとつ浮かばない。

なにか言わなきゃ。なにか、なにか。なんでもいいから。

考えれば考えるほど、頭が真っ白になるばかり。

建物の日陰から俺を見つめる彼女と、日向で彼女を見つめる俺。交わらない。なにひとつ。ずっとずっと探し続けていた彼女が目の前にいるのに。「いじめ」についてあれほど考えていたのに。

いざ、彼女を前にした瞬間、なにも言えない、そんな俺しかいなかった。

「……な、名前、聞いてもいい？」

上ずりながらも、やっと喉奥から引っかき出せた第一声がこれなんて、情けないにもほどがある。

でも、今の俺にはこれが精一杯だった。

彼女が眉根を寄せる。その疑いとどこか一線を引いた態度に俺は慌てて、再び情けない声を出した。

「あ、あの、俺は、鈴川飛鳥です」

「……雪村海月、です」

透き通るような、弱々しくて、それでいて、ひたすら淡々とした声。彼女にほんの少しだけ、近づけた気がした。

その顔は初めて見るに等しいのに、俺はその声を一方的に知っていた。

あの放送の声。

そう実感すると、また、涙が込み上げてきた。だから、必死で堪えるために唇にぐっと力を込めた。

そんな俺とは対照的に彼女はただただ静かに俺を見据えるだけ。その目はまるで、敵を見るような目つき。

俺は、きみの敵なんかじゃないよ。

ただ、助けたい、それだけなんだ。たったその言葉さえ、出てこない。俺は〝その先〟を救うやり方を知らないから。その時、彼女の視線が俺の後ろへ移る。

そして、俺と目が合っていたことなんてまるでなかったかのように踵を返して歩きだしてしまった。

日陰の奥に消えていく彼女を無意識に追いかけて、手を伸ばし、日陰に一歩、足を踏み入れた。

そこは先ほどまでいた日向とは比べものにならないほど、ひんやりと、俺の身体を冷たさで包み込んだ。それが、堪らなく、怖かった。

彼女もその冷たさの中、ひとりで歩いている。初めて彼女となにかを共有した。彼女の側に行けた気がした。

そう感じた瞬間、俺は、ありったけの声を出して先を行く彼女の背中に言葉をぶつけていた。

「……また明日……！」

俺は彼女の背中にそんな無責任な言葉だけをぶつけた。

俺は、結局、彼女にたった五文字を伝えることしかできなかった。

その五文字じゃ、彼女は救えないのに。あんな五文字じゃ、今の状況も、なにも、変わりはしないのに。そしてそれを、俺は知っていたのに。

彼女は振り返らなかった。

だから俺の声が届いているのかさえわからなかった。

俺は、彼女に向けていた手を、伸ばしていた手を、救い上げようとしていた手を。

――無意識に引っ込めていた。

ぐしゃり、と。

ああ、俺の中のなにかが、死んだ。跡形もなく、死んだ。

噛みすぎた下唇が痛かった。だけど、噛んでもいない胸のほうがもっと痛かった。

春馬の言葉が頭の中に響く。

『苦しかったんだよ、ひとりぼっちっていうのがさ。嫌なことされんのも言われんのも嫌だったけど、なによりもひとりぼっちっていう環境が苦しかった』

……なあ、〝その先〟ってなんだよ。その先、それから、その後は……なんて。なに、言ってんだ？

違うだろ。〝その先〟なんかじゃないだろ。その先のために動くんじゃない。誰だって、その先がどうなるかなんてわからない。わかるわけなんてない。彼女は今苦しんでいる。わかるのは、たったそれだけだ。

彼女はたった今、この瞬間にだって苦しんでいるのに。

それをどんな手段でも、形でも、救い上げるのが俺の、役目だったのに。

それを、俺が〝その先〟なんて言葉を取ってつけて、かっこいいこと考えているふりをして。

彼女の本当の感情を、気持ちを考えていなかった。考えようとしていなかった。

——しばらくその場に立ち尽くしていた。

立ち尽くしながら、必死で死骸化《しがいか》した自分のなにかをかき集めていた。かき集めて、かき集めて、かき集めながら、ひたすら自分を責めた。

帰る前に生徒会の報告と共に先生に何気なく彼女、雪村海月のことを訊ねた。

「雪村海月さん？　ああ、進学クラスの子ね。美術の遠藤《えんどう》先生がよく『クラゲちゃん』って言ってるのよ」

「クラゲ？」

放送のことを知っているのかと思わず反応した俺とは違い、先生はくすくす笑って言葉を続ける。

「海に月って書いて海月なの。海月ってクラゲとも読めるでしょ？」

楽しそうに笑う先生とは違って、俺の胸は張り裂けそうなほど痛い。ふと重たい俺の顔を見てなにか思い出したような顔を浮かべた先生は、顎《あご》に手を当ててそっとつぶやいた。

「すごく大人しくて、いっつもひとりでふらふらしてるのよねえ」

その瞬間、確信する。

やっぱりあの子が放送の彼女だ。

先生になんとか挨拶をして廊下を歩きだす。頭が真っ白で、真っ黒だった。

俺は彼女のために、彼女を救うためになにかできることはないかって思っていたはずだった。

でも、結局は〝自分〟になにができるかって内向きになっていた。

彼女がなにを求めているのかなんて考えているようで、本質的に突き詰めようとしていなかった。

いじめというくくりに、いつの間にか彼女を収めてしまっていたんだ。

そうじゃない。そういうことじゃなかった。

いじめを止めることよりも、彼女が本当はどうしてほしかったのかを考えるべきだったんだ。

いじめの解決策なんてこれから先、一生見つからないのかもしれない。俺なんかが頭をどんなに捻ったって、答えを導き出せるようなものじゃないのかもしれない。

それでも、俺は彼女の味方になることはできたんだ。

彼女をひとりぼっちにさせないことはできたはずなんだ。

夕日に照らされて浮かび上がる自分の影を見ていたら、いつの間にか涙が溢れ出していた。今までこらえていたすべてが崩れ落ちるように。

俺は、なにもできなかった。

ぽたぽた、と俺の涙がアスファルトの上に落ちる。後悔ばかりが身体を締め付ける。

彼女に伸ばした手を引っ込めた自分が憎くて堪らない。

その時、ぶわっと冷たい風が吹いた。風に当たって頬を伝う涙が冷たさを増す。

刹那《せつな》、渡り廊下ではにかんだ春馬の顔が浮かんだ。

『なんかお前、ぐちゃぐちゃひとりで悩んでるみたいだけどさ、悩む暇あんならもういっそ好きなように動けば？　失敗してもさ、まあ、うん、生きてりゃ大丈夫。死ななければ、何回でもやり直しきくから、うん、たぶん』

ふざけたように、それでも一生懸命、俺にくれた春馬の言葉が蘇る。

ぎゅ、と下唇を噛み締める。制服の袖で涙を拭う。勝手に終わりだと思い込んでしまった自分を戒めるように、バチンと自分の頬を叩いた。

まだ、間に合うのなら、チャンスが残っているのなら。

彼女に俺の全力の思いを届けたい。伝えたい。

家に帰って、ひたすら彼女を追い求めながら、自然と流れ落ちる涙をそのままに、震える手で自分の思いを、自分の罰を、最後の思いを紙に書き記した。脳裏に焼き付くクラゲの絵と、彼女の怯えた顔と、耳に染み付く放送が俺の中を、支配している。

母さんの声が部屋の外から聞こえて、俺は涙を拭う。静かに部屋を出てリビングへ足を運ぶ。

そこには海外出張から帰ってきた父さんもいて、俺は両親のいる安心感と、罪悪感に押しつぶされそうになりながら、自分の覚悟をゆっくり口から吐き出した。

「……父さん、母さん、ごめんなさい。俺――」

希望を語る朝

今日は、十一月二十七日。

月曜日。

曇り時々晴れ。

俺が今まで過ごした高校生活、三百三十一日のうちの、たった一日。

着ることが最後となる制服に腕を通した。

まさか俺が、こんな中途半端な日に高校最後の日を迎えるなんて、きっと、誰にも予想できなかった。でも、俺にはもう、この制服を着続ける資格がなくなる。

家を出る前、父さんも母さんも俺にいつもどおりに「いってらっしゃい」と声をかけてくれた。

朝、自分の教室で彼女の放送を聞く。もう迷いはない。足も動く。手も震えていない。彼女の放送は今日も淡々としていた。一週間分の苦しみを誰もいないと思っている学校に、発信し続けている。

でも、聞いているやつがいるんだと。彼女のことをどうにかしたいと思っているやつがいるということをどうか気づいてほしい。

そして、放送の、最後。

《クラゲの体の、一〇〇%の水が涸れました。……来世は幸せになれますように》

彼女は自分をクラゲにたとえて、必死で現実逃避していた日々にさえ、もう限界がきてしまったのだ。

《……誰でもいいから、お願いだから……助けて──》

その悲痛に満ちた声に、俺は、ぎゅ、と拳を握り締めた。

〝放送〟からしばらく時間が経った。

生徒たちが登校し始めるほんの少し前に放送室に入る。

もう、そこに彼女の姿はない。閑散とした放送室。ひとりきりの放送室。

他の教室とは違って、放送室の床は淡いピンク色のカーペット生地。その色ももう使い込まれて、くすんでいる。重たい鉄製の扉に、防音に特化した壁。ここでどれだけ声を上げて泣いても、外に届かないような気がする。

放送室にある唯一の窓から光が差し込んでいる。ほこりっぽいにおいに、暖かい日差し。

ここで、どれだけ彼女は悲痛な叫びを発信し続けたのだろう。

椅子に座ろうとした拍子に机の上に置いてあった紙が落ちる。しゃがみ込み、拾い上げた時に気まぐれに視界がそれを捉えた。

机の下のさまざまな落書き。

年季が入ったものや、お決まりの相合傘に名前が入ったもの、ふざけたネコやイヌ、キャラクターの落書きの中に、紛れ込んでいた、切実な叫び。

俺は机の上にある放送室の油性ペンを手に取り、机の下にもぐり込んだ。そして、彼女の隣に寄り添うように、自分の思いを綴《つづ》った。

そしてポケットに入れっぱなしにしていた、春馬からもらった絆創膏を彼女の文字の上にそっと貼り付けた。

時間は刻一刻と進む。

普段だったらもうとっくに体育館にいる時間だ。あと五分もしたら、教頭先生の挨拶で全校集会が始まる。

もう、後戻りはできない。それでもいい。それでも、やらなくちゃいけない。

彼女も俺も、死なせない。

彼女が放送で絶望を語るのなら、俺がそれを希望に塗り替えてみせる。

スウー、と放送室の酸素を吸い込む。窓から差し込む光の中に、たくさんの人たちの笑顔を思い出した。

いつだってみんなキラキラしていた。一緒に笑ってくれた。みんなと、本当はもっと一緒にいたかった。みんなと笑い合ってありきたりの毎日を過ごしたかった。

涙を引っ込めるために呼吸を止めた。

俺には、なにも変えられるものはないのかもしれない。それでも、俺は変えようとする気持ちを、行動を、諦めちゃいけない。そうやって、生きていくしかない。

目を閉じて、心の中で数えた六秒間。

そして俺は、迷わず放送のスイッチを入れた。

《あ、あー……聞こえますか？》

たったひとつ。

たったひとつだけ、今、心残りがあるとするならば──。

《おはようございます。鈴川飛鳥と申します》

雪村さん、きみがどんな顔をして笑うのか。
俺の目で、見たかった。
雪村さんの笑顔を、見てみたかった。
たったそれだけがこの学校への心残り。

第三章　彼の声を聞いた日

おわりのはじまり

期待と希望は抱いちゃいけない。だって——。

眠気を引きずりつつもがやがやと騒がしい廊下を、ひとりで歩いていく。

行く先は全員が同じ、体育館だ。

誰かと一緒にいないといけない規則なんてないのに、女子生徒がたったひとりで廊下を歩くだけで、周りからさまざまな視線が向けられる。単純な興味、哀《あわ》れみ、品定め、優越感、卑下、いろんな視線を感じながらも私の顔は無表情そのものだ。

寒い、という体感は残っている。

その後に一歩遅れて、ああ、生きてるからかと、どこか他人事のように思う。

体育館の入り口はいつものように少しだけ混み合っていた。

入り口の扉で私は前にいた女子生徒ふたりを追い抜いた。そして何食わぬ顔をして、冷たい体育館に靴下のまま足を踏み入れる。

体育館シューズは今朝、私のロッカーから消えていたから、靴下という選択肢以外、私にはないのだ。

追い抜いたそこから、甲高い女子生徒の声が私の背中にこてんとぶつかる。

「和歌子、なにぼーっとしてんの。後ろ詰まってるよ」

「あ、うん。いや、あの人体育館シューズ忘れたのかなって」

〝あの人〟とはきっと私のことなのに、私は素知らぬ顔で歩みを続けた。助ける気がないくせに、私に哀れんだような言葉をぶつけないでほしい。そういう対象であるということが堪らなく嫌だった。

「うっわー、私だったらぜったい無理。忘れなくてよかったね」

「……そうだね」

ほら、やっぱり思ったとおりだ。どうにかしようとする気なんてまったくないくせに。だったら、私のことを話のネタになんてしないで。もう、うんざりだ。

それはあのふたりに限ったことではない。この体育館にいるみんな、自分さえ良ければそれでいいのだ。

しょせん、他人。お気の毒に、とたったひと言で済ませて一秒後には私のことなど記憶から排除している。

身体の中をうごめき始める真っ黒な感情の中。

『……また明日……！』

不意に思い出し、一瞬だけ光が差しそうになった。

うな日々を送っていた。
ずっと無理やり生きていた。張り詰めた糸がいつ切れてしまってもおかしくないよ
私はもうすでに限界だった。限界を超えてしまっていた。
死ぬことが最後の希望のように思っていたあの日。
鈴川くんに声をかけられた、あの日。

三年生になって本格的に受験を迎えたら、きっといじめはもっとひどくなるだろう。そう思ったら、糸をぷつんと切ってしまいたくなった。

日陰を歩いていた私が振り向いた先に、彼は肩で呼吸をしながら必死な瞳で私を見つめていた。日向にいる彼は髪も、顔も、瞳も、なにもかもがきらきらしていた。日陰で身体を小さくしながら歩く私とは正反対だった。

最初は人違いで話しかけられたのだと思った。けれど、彼は私の顔をしっかりと見つめたうえで私に自分の名前を名乗った。〝鈴川飛鳥〟の名前を知らない生徒なんていないのに、わざわざ私に名乗った意味はまったく理解できない。

でも、私が名前を名乗ったとたん、私の声を聞いたとたん、彼は瞳を大きく見開いた。私とは違ってあふれんばかりの光を敷き詰めた瞳は、見ているだけで吸い込まれてしまいそうになるほど輝きを放っていた。

けれど次の瞬間、きれいな優しい顔は泣きそうなくらい苦しそうなくらい、くしゃ

りと歪んだ。そして下唇をぎゅっと固く結んだ。

彼が一体、私になにをしたかったのかはわからない。

もういっそ楽になってしまおうと思ったのに、私は彼のせいで今日まで生き延びてしまった。

彼が言った〝たった五文字〟に、私は自分の心臓を止めることを躊躇ってしまったのだ。

一度、ぷつんと切れたはずの糸は鈴川くんによっていつの間にかもう一度結び直されていた。優しく、丁寧に、不器用に、固く結ばれていた。

ただそれでも、きっとあれは鈴川くんの気まぐれにすぎないと自分に言い聞かせている。

期待が大きくなるほど後から味わう絶望が苦しくなることは、嫌というほどわかっているから。鈴川くんが希望に見えてしまったあの一瞬を、ひどく後悔する自分を想像しただけで怖くなるのだ。

期待と希望は抱いちゃいけない。失望と絶望をするだけだから。

だからもう、なににも、誰にも、自分にすら、期待などしない。

ぐっと強く拳を握り締めて、必死で助けを期待する気持ちを押し込んだ。

そっと、女子の列の一番後ろに並ぶ。前の子との距離は人がふたり入るくらい空ける。

学年ごとに色分けされた体育館シューズがキュ、キュ、と床を擦る音が増えていく。その音を聞くたびに、自分の靴下の足先が弱々しく見える。

足のつま先に力を込めると、冷たさで感覚が麻痺したそこに、血液が流れてじんわりと痺れていくような気がした。左足の親指に右足の親指を重ねる。わずかな温もりが右足の親指に流れていく。

でも、くすくすと私に向けられた嫌らしい笑い声に、すぐに両方の足裏を冷たい体育館の床に張り付けた。

私は平気なんだと。気にしてなどいないと、そう態度で示すために。

そんな私を置いてけぼりにして、体育館には無数のシャボン玉がはじけたような活気が生まれ始めていた。

「昨日バイト先にめっちゃかっこいい人来てさー」

「え、マジで？　隠し撮りは？」

「いや無理だって。イケメンすぎて思わずガン見。そしたらさー、目合っちゃって！」

「え、ずるーい。うちも会いたい」

それぞれが、それぞれに、全校集会が始まるまで無駄話に花を咲かせる。

たぶんその話は明日には忘れてしまうものばかりなのに、それに一喜一憂して、オーバーリアクションをして、そんな時間ばかりを重ねていくのだろう。

「なあ春馬。鈴川は？」

「あ、はよーす。俺も知らん。連絡しても返事こねーし」

「昨日の部活も休んでたし、やっぱ風邪かな」

〝鈴川〟という名前に耳が反応するけれど、すぐさま心を閉じる。期待は無用だ。

「俺、土曜日に見たよ」

「え？　後藤《ごとう》それマジ？」

「おう。俺ら午後練だったんだけど、そん時川田センセーと生徒指導室入ってったの見た。しかも両親付きー」

「あっはは！　とうとうやらしたか、優等生」

「いや、アイツに限ってそれはねえだろ」

「ねえ、なんの話？」

「あー、うっさい女子きた」

「はあ？　なにそれうざー」

少しやんちゃな人たちは、かかとを履き潰した体育館シューズで床の冷たさを当たり前のようにしのぐ。

学校の中でみんなのささやかな憧れの的になるのは、ちょっと派手できれいな人や、コミュニケーション能力の高い目立つ人たちばかり。スクールカースト上位なのだ、そういう人たちは。

「ねえねえ、あれって松田《まつだ》隆也……だよね？」

「うわマジだ。つか学校辞めてなかったんだ」

「挨拶してきなよ」

「いやいやいや冗談でもやめてくんない？　絶対殴られるっしょ」

ひとりひとりの声は決して大きくはないが、雑音が集まれば騒音になる。

簡単に何百人もの人を収容できるこの体育館も、騒音に包まれれば、本来の大きさよりも天井が近く感じる。

でも、どこにいたってなにをしていたってひとりぼっちの私は、むしろもっともっと体育館が広くなればいいのにと。広くなりすぎて、いっそのこと誰も私が視野に入らないくらいになってしまえばいいのにと。本気でそう思うのだ。

彼らが当たり前のように友達と交わす言葉の破片が私に突き刺さる。

英語の先生が怖いだとか、予習がきついだとか、古典の授業はだるいとか、あのドラマはどうだとか、芸能人の誰が好きとか、学校で目立つカップルが別れそうだとか。

でも、その輪の中に私は絶対に存在しない。

それが当たり前の今の世界。誰もそのことを疑わない。見ようとしない。

やっぱり私を見つけてくれる人は誰ひとりとしていないんだ。

だけど、そう思うのも、もう最後。

「……やっぱり、もう、無理……」

誰にも届かない私の声は、はらり、と未だに騒がしい体育館に消えた。

学校で一番横柄な態度の教頭先生も、小柄で温厚そうな校長先生も体育館に揃《そろ》う。

生徒たちのざわめきがそれなりに収まって、今日もいつもとなにも変わらない全校集会が始まる。

――始まる、はずだった。

ブツン、と体育館のスピーカーからスイッチを入れる無機質な音が聞こえる。

《あ、あー……、聞こえますか？》

次に古びたスピーカーから聞こえてきたのは、優しさに満ちた柔らかい男子の声だった。

今日は、十一月二十七日。

月曜日。

曇り時々晴れ。

私たちが今まで過ごした高校生活、三百三十一日のうちの、たった一日。

この日の全校集会は、いつもとなにもかもが違った。

ざわり、ざわり。私の胸が激しくざわつく。

月曜日の朝の放送、学校の人気者の声。

ほんの数時間前まで私はあそこにいた。あそこで、たったひとりぼっちで誰にも聞かれることのない声をマイクにぶつけ続けた。

今、そこには彼がいる。

ふと重なったのは放送室で《死にかけのクラゲの日記》を読む私。まったく意図が掴めない彼の行動に、私はわずかに頭を混乱させた。

同じように周りの人たちも、今の状況に追いつこうと頭をフル回転させている。

《おはようございます。鈴川飛鳥と申します》

そうして、この学校でたったひとりだけ、悠長に笑う彼の放送が始まった。

「え？　なにこれ、なんかの番組？」

「鈴川くんどうしたの」

「なになになに？　飛鳥なにしてんの、面白いんだけど」

お湯が沸騰するように、ぶくぶくと体育館にたくさんの声が溢れ返って飛び交う。

鈴川くんの声だとわかったとたん、混乱しながらもみんなどこか安堵《あんど》している。そうして楽しそうな明るい声が徐々に増えていく。

これは彼がこの学校で受け入れられている証拠だ。認め、受け入れ、称賛しているからこそ彼が起こす行動に反感など生まれない。

「なんかわからんけど鈴川くんならいいや」

「全校集会乗っ取るのかな、めっちゃ面白いんだけど」

それどころか後押しをされるのだ。

頭の回転が速くて、優しい鈴川くんのことを好きなたくさんの女子生徒たちは、きゃっきゃとはしゃいでいる。

他の生徒たちも周りの様子を窺いながら、首を捻ったり状況に追いつけず笑っていたりする。

「生徒会からのお知らせ的な？」

「いや、生徒会のやつらも戸惑ってんじゃん」

「ちょっとマジで誰か鈴川に電話しろよ」

「ばかか。放送の邪魔になっちゃうじゃーん」

みんなは驚きと戸惑いで混沌《こんとん》としながらも、どこか楽しそうな顔をしている。

そんななか、私は鈴川くんがなにがしたいのかがまったくわからず、思わず眉をひそめた。

そしてそれと同時にふつふつと心の底から黒いものが込み上げてくる。一方通行で勝手極まりない怒りだが、それでも歯止めがきかない。

――私と同じ放送でも、彼はこんなにも人を惹きつける。私にはないものを彼はすべてもっている。

まるで私と鈴川くんの差を見せつけられているようで、そんなことを気にする自分がなおさら嫌で、汚い感情を必死で抑え込もうと息を押し殺した。

でも、きっと、どうせ今から始まろうとしている彼の茶番だって、私と違ってさぞ楽しい幸せなお話なのだろう。だいたいドラマの主人公は、なにをしたって結局は良いお話しになる。みんな幸せ、ハッピーエンド。それはあくまで彼のテリトリーの中で生きている人たちの話なわけで、蚊帳《かや》の外である私にはもっとも関係のない話。

そう思い込んで、あの日の彼との繋がりを必死でかき消す。

「鈴川の担任は川田先生、あなたでしょう！　今すぐ止めさせてきてください！」

鈴川くんの放送に、教師たちの列からそんな声が響いた。その声があまり注目されなかったのは、ありきたりな日常に刺激が入ったことで大喜びする生徒たちの騒がしさがあったからだ。

そちらに目を向ければ、教頭先生が慌てたように川田先生に向かって怒気《どき》のはらんだ声をぶつけていた。

この学校の体育館には体育館用の放送室があるわけではなく、棟をふたつまたいだB棟四階にある放送室を使う仕組みになっている。

鈴川くんは放送室のモニターから先生や生徒たちの様子を見ているのだろう。私たちに鈴川くんの姿は見えないけれど。

《先生方、一生のお願いです。今日の全校集会だけ、俺に、時間をください》

懇願するような鈴川くんの声がスピーカーから体育館に流れ込む。

体育館の舞台の斜め上の両端にそれぞれ設置されたスピーカーは古いはずなのに、窓から光が差し込んでどこか小さな輝きを放っているように見えた。

普段では考えられない状況に、楽しむことしか頭にない生徒たちは「いいよー」などと明るい声でスピーカーに向かって声を上げる。その波に乗るように「鈴川はなにがしたいんすかー」とふざけた声も重なって、体育館中に笑いが波及していく。

私は笑うことも、声も上げることもない。ただ、〝放送〟を使う彼に小さな憤りだけを感じていた。

鈴川くんの切実な声など教頭先生には届いていない。聞く気もない。

「……私からも、どうか、お願いします」

その時、そう言って頭を下げた川田先生。その手に握りしめられたハンカチは、くしゃりと苦しそうだった。

心の奥から絞り出すような川田先生の声に驚いた。それは私だけではなくて、頭を下げられた教頭先生にも戸惑いが生まれていた。

その様子に、川田先生だけが鈴川くんの放送の意図に気づいているのだと察する。

学年主任にも頭を下げられて、他の教員たちもふたりを擁護するような視線を教頭先生に送る。それに耐えきれなくなったのか教頭先生はしぶしぶもとの場所に戻っていき、校長先生と共に訝し気な顔をするばかりだった。

《川田先生、ありがとうございました。川田先生は俺にとってかけがえのない、恩師です》

また、引っかかる。

まるで卒業式の言葉みたいだ。今日はただの月曜日なのに。

でも、それは私だけなのか、周りは談笑をしながら放送を聞いていたり、未だに鈴川くんの放送の意図を探偵のごとく解き明かそうとしたりしている。

そして再び放送に体育館中が巻き込まれる。

鈴川くんが一拍、呼吸を整える。それにみんなの心も一拍、置かれる。まるで、親鳥と雛鳥《ひなどり》。

たったそれだけで体育館がほんの少し静まる。

《高校生活、みなさんどうですか？　楽しいですか？　退屈ですか？　忙しいですか？》

その朗らかな声に、みんなここぞとばかりに自分の心境を叫ぶ。

「楽しい」

「つまらない」

「飽きた」

「早く卒業したい」

「ずっと高校生でいたい」

「バイトだるい」

「暇ー」

飛び交う言葉はそれぞれ違うけど、みんな高校生らしい言葉なのだと思う。そのどれにも当てはまらない私の思いは、心の奥底に鎖で何重にもくくって閉じ込めている。早く楽になりたい……そんな思いが決して溢れてしまわないように。


《みなさんが今、どのような心持ちだとしても、その心に鮮烈な傷痕を残せるように、今日は俺、頑張りますね》

よく聞くと、高校生らしくない鈴川くんの柔らかなその声を気にしているのは、この空間に何人いるのだろうか。冗談っぽく見せていながら、それでいてどこか覚悟を決めたような感情がにじんだ声に。

どうして鈴川くんが、何不自由のないはずの彼がこんなことをしているのかが、私にはとうてい理解できなかった。わざわざこんなことをしなくたって彼の声は誰にも届くんじゃないんだろうか。私と違って。

鈴川くんはわざと小さな沈黙をつくった。そこで話が本題に入るのだと察しの良い生徒たちは面持ちを変える。

鈴川くんが落とした声は、誰よりも優しさに満ちていた。

《烏丸くん、いつもありがとう。どうしてもきみに伝えたいことがあるので、聞いてください》

彼の放送に、体育館にいる集団はあたりを見回し「烏丸くん」を探し始める。鈴川くんに名指しされた彼が、気になって仕方ない様子がひしひしと伝わってくる。首をきょろきょろと動かしながら、体育館に飛び交う無数の声。

「カラスマって誰？」

「知らねーよ」

「生徒会んとこに一年の分厚い眼鏡かけたのいるじゃん。あれだよ、あれ」

見下すような言葉が何事もないようにぱらぱらと吐き出されていく。

「あー、あれが俺らの生徒会とか萎える」

「じゃあアンタやればいいじゃん」

「はあ？　ぜってーやだよ」

無神経で、

「あの場で浮いてるもんね、鈴川」

「なんで生徒会入ったんだろうね」

悪意のない、

「生徒会の挨拶さー、鈴川くんの順番になるまでずっと爆睡してた」

「すっげーわかる。生徒会のやつらって、ザ・雑用軍団って感じだったもんね」

質の悪い言葉の矢たち。

その言葉が勝手に耳に入ってくることに不快感を覚えながらも、生徒会の方へ視線を投げかけた。

生徒会役員として教員たちの横に並ぶ面々はお世辞にも派手とはいえない。その一番端に、一年生で猫背で分厚い眼鏡をかけた男子生徒を見つける。あの子が烏丸くんか。

彼は鈴川くんの声に心底戸惑ったようにうつむいて顔を隠した。

《生徒会のみんな、ごめんね。朝から全校集会の準備せっかくしてくれたのに、俺がこんなふうにしちゃって》

鈴川くんの柔らかな声に、また再び生徒会に注目が集まる。こんなに、鈴川くんなしで彼らだけが注目されるなんてことはないのだろう。

朝、たまたま廊下で読んだ新聞部の記事も新生徒会役員紹介とあったにもかかわらず、内容は鈴川くんに関することだらけだった。

きっと全員が気になって仕方のないからだ。どうして鈴川くんが生徒会長になったのか。

それでも、鈴川くんはいつも全校集会の時、あの生徒会の列の中に当たり前のように紛れて、彼らと楽しそうに会話をして、屈託なく笑っていた。彼の笑顔に釣られるように笑う生徒会の他のメンバーたちもとても楽しそうだったのを、何度か見かけたことがある。


《烏丸くんは、本当に真面目で字もうまくて、仕事が早くて生徒会を一生懸命支えてくれてたよね》

彼の人気は、こういうところにもあるんだと思う。

誰に対しても、その人の良さを見つけて、迷わずすごいと褒めることができるそんな優しさ。

とことん非の打ちどころがない彼との差に、不平等な世の中に、私の心にざあざあと土砂降りの雨が降りだす。土と雨が混ざり合って誰もそこには踏み込みたくないと思うほど、ぐちゃぐちゃなそこ。
勝ち組はどこに行っても勝ち組。負け組はどこでも負け組。目には見えないけれど確実に存在する線引きに、私はまた一歩、暗闇の方に後ずさった。
《初めて生徒会に来た時、みんな俺と目を合わせてくれないから、内心めちゃくちゃ焦ってたんだよ。ほんともー。今みんなとこうして仲良くなれたからいえるけどさ》
けたけた笑う鈴川くんに、「まー、アイツらだからな」と生徒会の立ち位置を、ばかにしたように笑う人たちもいた。
生徒会役員の人たちも小さく笑っていたけれど、そこにはちゃんと鈴川くんとの信頼関係があるからこそだと、その笑顔でわかった。同じ空間にいるはずなのに、こんなにも感じる気持ちは違う。どうして私は、あの人たちとは違う場所にいるしかないんだろう。
《烏丸くんは、生徒会を変えたのは誰だと思ってる?》
次の瞬間、鈴川くんの声色はがくんと変わった。まるで、嵐の前のように恐ろしいほど静かで、穏やかなそれ。
《今、生徒会のポジションがどこなのかはわからないけど、俺は生徒会のみんなはすごいと思う。そして、生徒会を変えたのは他でもない……烏丸くん、きみなんだよ》
劣等感に満ちたその場所から、無理やり彼を引き剥がしていくような鈴川くんの声。
その力強い言葉に、さっきまで生徒会を小馬鹿にしていた人たちは慌てて口をつぐんだ。
《俺がやりたいって言ったこと全部、烏丸くんは無理だなんて言わないで一生懸命策を練って計画を立てて、資料集めも誰よりもして、頑張ってくれた。烏丸くんがいてくれなかったら、みんながいてくれなかったら、俺はなにもできなかった》
鈴川くんの声は真っすぐだった。ひと言、ひと言に、気持ちが込められていて、真《しん》摯《し》に思いを伝えようとしているのがその声だけでわかる。
でも烏丸くんは分厚い眼鏡の奥の瞳を伏せて、ゆっくりとただ自信がなさそうに首を横に振るだけだ。

《成績向上運動も、地域清掃活動も、募金活動も、学年別ボランティア活動も、いろんなことが成功で終われたのは烏丸くんの力が大きいんだよ》

生徒会に向けていた視線のほんの少し上で、差し込んだ光に照らされたホコリがゆらゆら揺れている。不思議。それが、たとえホコリだと頭ではわかっていても、目の前で幻想的に光の中を浮遊するそれを、私には羨ましいと思うくらい美しく見えた。

《努力は必ず報われる》

鈴川くんの言葉は今までいろんなところで何度も聞いたことのあるセリフだ。

それなのに凛《りん》とした力強いその声に、関係のない私の身体の奥底がぐっと掴まれるような気がした。必死で抵抗する真っ黒な私。

うつむいていた烏丸くんの顔が、鈴川くんの声によってにわかに上がる。

《だけど努力をした自分に自信をもって、堂々としていないと、そのチャンスを掴むことなんてできない。チャンスにさえ、気づけない》

烏丸くんの背中を押すように、力強く、それでも精一杯の優しさを込めた鈴川くんの声に、烏丸くんの猫背がぴくりと反応した。彼がくしゃりと顔を歪ませた。

《烏丸くん、自信をもって。きみはチャンスを掴むべき人だよ。誰がなんて言おうと俺が保証する》

鈴川くんの言葉を聞いた瞬間、烏丸くんは大粒の涙を瞳からボロボロと流した。何度も何度も分厚い眼鏡の隙間から両手で涙を拭う烏丸くん。

彼の顔は苦しそうだったけれど、それでもうつむいていた時よりもずっと強くて喜びがにじみ出ていた。

《生徒会長命令です。烏丸くん、残りの生徒会はきみに会長をお願いします……頼んだよ》

そして、鈴川くんの最後の言葉が落ちるその瞬間には、もう誰も烏丸くんを笑う人なんていなかった。

背筋を伸ばし、迷わずに前を向いて堂々と立つ彼を笑えるわけなんて、なかった。

そして、やっぱり誰も鈴川くんの言葉の奥の奥、もっと奥底のそれに気づくこともなかった。

どうして、こんな時期に生徒会長を降りるのだろうか。

鈴川くんは些細な棘にさえも気づいて優しく抜き取ってしまうような人だ。でも、だからこそ、自分の棘は微塵も見せようとしない。なおさら彼のことがわからなくなる。

《おーい、松田隆也くん、ちゃんと学校来てる？　俺の話、聞いてる？》

パッとテンションを切り替えた鈴川くんが呼んだ意外すぎる名前。

体育館内が、ざわり、ざわりと、騒がしくなった。でもすぐに全員が松田くんに視線を向け、怯えたように黙り込む。

私も彼のことは一方的に知っている。私と同じように列の一番後ろにいる高校生とは思えないほどの威圧感を放つ彼。

松田くんは少し長めの襟足の黒髪に、両耳には大量のピアスが光っている。やんちゃなんてかわいい域を超えていて、純粋にみんなが怖がる不良だ。悪い噂は次から次へと後を絶たない。

ひとりぼっちはお互い同じはずなのに、彼には私と違って弱さがなかった。

《隆也は猫が好き。学校に遅刻する理由は空き地にいるのら猫に構われて、追い払えないからだよな》

それなのに、鈴川くんの明るいそんな声にみんなが一瞬「は？」という顔になる。私も不意に顔面パンチをくらったように固まり、どう頑張っても理解に時間がかかってしまった。猫？

そんな私たちを待たず、鈴川くんの放送は続く。

《隆也はよく学校を休むけれど、それは老人ホームにいるおばあちゃんに会いに行って、そのついでに老人ホームの手伝いをしているから》

やっと頭が動き始めた人たちが小さく騒ぎ始める。

当の本人とはいえば、列の一番後ろであぐらをかいて、左膝の上に左肘をのせて仏頂面を支えている。もう、怖い。正直、とても怖い。急になにかしら手に取ってスピーカーに向かってぶん投げるんじゃないかと、勝手に想像してしまった。

《先入観や偏見ほど、コミュニケーションの幅を狭めるものはない》
だけど、鈴川くんのその声が鈍器となって、私の頭を思い切り殴った。
《……なんて言ってる俺だって、隆也のことを知る前はみんなと同じ立ち位置だった。だから、本当の隆也をみんなに知ってほしいんだ。隆也には「俺のことは話すな」って言われてるんだけど、俺の最後のわがままとして受け取ってください》
その〝最後〟は誰に対してなのか、なにに対してなのか。
私が今いるここは高校の体育館で、映画やドラマの中じゃない。ありえないことも異常なことも起こらない。鈴川くんの放送はありえないけれど、絶対ありえないほどじゃない。
だから鈴川くんが当たり前のように告げた〝最後〟があまりにも突飛なもののように感じられてしまった。
松田くんが呆れたように小さく舌打ちした。でも、どこか受け入れたようにうつむいた。

《俺の母さんと隆也んとこのおばさんは職場が同じ。きっかけはそれだよ。前に、おばさんが職場で体調を崩して、俺の母さんが隆也の家まで送ったことがあって。その時、俺は母さんから家の鍵を受け取るために、隆也の家に行ったんだ》

みんなただただ静かに鈴川くんの声に耳を傾ける。

学校一の人気者で模範生とまで言われる鈴川くんと、学校一怖れられている松田くんがどんな関係なのか、気にならないわけがないのだろう。

《その時に、偶然、母さん同士が同じ職場だったことを知ったんだけどね。俺が家に行った時、隆也……おばさんを心配して泣いてたんだ》

その時、体育館内の空気がざわざわと揺れる。夜風に吹かれて木々が大きく揺れ動くようなざわめき。

「信じられない」

「泣くことなんてあるの？」

「あの松田が？」

そんな動揺が体育館中に蔓延《まんえん》する。

私も声には出さずとも周りと同じ意見だった。ひとりぼっちというだけの共通点でしか彼を知ろうとしていなかったから。

《隆也の家は、隆也のおばさんがひとりで隆也と弟くんを育ててる。おばさんは仕事を掛け持ちして一日中働き続けてるんだ。隆也はそんな母親を助けるために弟くんの面倒を見て、必死にバイトしてる。見た目が高校生らしくないのも……もしかしたら、バイトで年齢を誤魔化すためなんじゃないかなって、俺は思ってる》

そんなこと、知らなかった。知るすべなんてなかった。知ろうとも、しなかった。ただ、松田くんはひとりぼっちで怖くてやばい人、たったそれだけで片付けてしまっていた。彼を知る必要などないと心のどこかで思っていたから。

《隆也は困っている人を見ると罪悪感に押し潰されそうになるんだって。戦隊ヒーローでもそんなこと言わないよね》

くすくす、と、鈴川くんは嬉しそうに笑う。

動揺を隠しきれないみんなとは違って、鈴川くんは楽しそうに松田くんのことを話す。

この空間に鈴川くんの笑い声は明らかに浮いていた。きっと鈴川くんならスピーカー越しにでも、放送室にあるモニター越しにでもその光景を想像できるはずなのに、なぜか彼は小さく笑っているのだ。

《今から隆也のマジで惚《ほ》れる話するけど、俺より隆也のほうがかっこいいとか思ったら、俺、拗《す》ねるからね、ほんとに》

モニター越しにみんなの動揺を見抜いて、冗談を言う鈴川くんの放送に、流されたような笑いが起こる。自分の中の概念をぶち壊されて、頭が追いつかないことからの逃避だろう。

そしてそれを見越したように、突如《とつじょ》として優しさをはらんだ声を発する彼に、みんなはやっぱり引き込まれるほかない。

《俺、前にね、隆也と電車に乗ってたんだけど、その時満員でみんな憂鬱そうにしてたんだ。そこに妊婦さんが電車に乗り込んできたんだけど、満員で座れない。俺は気の毒だなと思いながらも満員で身動きするのも難しいし、どうしようもないよなあっ

て見ないふりをしちゃったんだ》

その言葉に同じシチュエーションを想像して、満員電車に嫌な顔をする自分が思い浮かんだ。そんな状況で誰かをどうこうって、できるものなのだろうか。たとえ、それが最善の選択だとわかっていたとしても。

《でも隆也は違った。人混みを無理にかき分けて優先席に座るサラリーマンを立たせると、妊婦さんに「空いてるぞ」って。言い方はぶっきらぼうで怖いんだけどさ、それ以上に、隆也はすごいなってめちゃくちゃ感動したんだ》

とっても嬉しそうに話す鈴川くんの声に、周りには思わずうなずいている人たちもいた。ちらちらと松田くんの様子を窺うように見る生徒も数人。それなのに、横目で盗み見た松田くんは相変わらずうつむいたままだ。

──ひとりぼっちが、とうとう私だけになる。

だって、鈴川くんに見つけられた人は背中を押されて日向に引っ張り出してもらえるから。きっと、松田くんも、同じ。

ああ、苦しい。黒いものが頭のてっぺんから足のつま先まで駆け巡っていく。

《……そもそも良い人、悪い人ってなに？》

鈴川くんのその問いかけに、改めて良い人と悪い人について枠をつくろうとする人たちの声が聞こえる。首を傾げたり、声に出して友達にその基準を挙げていく人もいる。

《俺にとって悪い人は誰かにとっての良い人かもしれない。あの時、席を空けてもらえた妊婦さんにとって隆也は良い人で、隆也に注意されたサラリーマンにとって隆也は悪い人かもしれない》

私にとって、良い人。誰も思い浮かばないことに、ぽっかりと開いた胸の穴が広がった。

鈴川くんの言葉を重たい頭で聞きながら、そっと息を呑み込む。呑み込んだら、渇いた喉にピリ、と鋭い痛みを感じた。体育館の寒くて、乾いた空気ばかりを吸い込んでいたせいで、いつの間にか私の口の中は乾ききっていた。

安易に良い人、悪い人と決められる世の中。良い人とされた人だって、とたんに悪い人にされることだってある。悲しいことに、人間の記憶は悪い人ばかりが印象に残りやすいうえに、一度埋め込まれた〝悪い人〟というレッテルはなかなか払拭されない。

悪い人の烙印《らくいん》を押された私には、よくわかる。

たくさんの目が私を見るたびに悪い人だと認識をして、それを周りに伝えていく。

そうやって私はどんどん悪い人になっていく。真実よりも噂の方が圧倒的に強いのだ。

《噂は噂にすぎない。人の良し悪しなんて誰かから聞くものじゃない。自分の目で見て、見極めるべきだと思う》

鈴川くんは迷いのない声でそう言い切る。

そっとうつむく人や、小さくうなずく人、視線を落としたまま上げない人。いろんな人が鈴川くんが突きつける真っすぐな言葉に反応している。

《隆也は当たり前だけどなかなかできない当たり前を、当たり前のようにやってのける。本当に、本当に、かっこいいやつなんだよ》

鈴川くんが教えてくれた本当の松田くんは、かっこよくて男気のある良い人。ひとりぼっちの松田くんが遠くなっていく。日陰でうずくまって震えるのはとうとう私だけになってしまう。

《その人がどんな人でも、たとえ自分にまったく関係のない人でも、隆也は迷わず助けようとする。でもね、隆也。俺は、心配なんだよ。誰かを助けるくせに誰の助けも求めようとしない隆也が、心配なんだ。……友達だから》

どこか悲し気な鈴川くんの声は、松田くんに頼ってもらえないことの悔しさと頼られるほどの存在にはなれない自分に苛立っているようだった。一方的に貼り付けられたような〝友達〟の響きはこれでもかというくらいに、寂しくて、切ない。

《だから、隆也の悲しい顔を防ぐには、とうてい俺ひとりじゃ足りないわけで》

でもその感情をひた隠しにして、鈴川くんのちょっととぼけたような声がこちらに送られる。古びたスピーカーから、無理やり高性能の音を出そうとしているみたいに。

《そんでもって、俺の放送を聞いてくれたみんなには、隆也を知ってもらえたわけで。みんなさ、もったいないよ。こんないいやつ放っておくなんて、どうかしてるね》

あからさまに《はーあ》なんて溜め息を吐き出す鈴川くんに、周りは笑顔をにじませる。

《隆也が友達を作らないのは、おそらく周りから自分がどう思われているか、よく理解しているから。それで仲良くなった友達まで、悪い評判が立ったら堪らないって思っているから。でも、みんなわかったでしょ？　誰も隆也を悪く思うやつなんていないし、正直、友達になりたいでしょ？》

その、確信に満ちた掴みどころのない声。

ひとつだけ開けられた体育館の重い扉から新しい風が吹いた。

新しいなにかが始まる瞬間は、場所も、時間も、指定なんてされていない。

松田くんが変わる瞬間、みんなが変わる瞬間、今がその時なのだと客観的に察した。

私にはとうていできるはずもない変化が今まさに訪れようとしている。

つまらない物差しはきっと誰もがもっている。それは先入観や偏見のせいで、とたんにつまらないものになってしまうのだ。その物差しを放り投げるだけで、世界はもっと真っすぐにクリアに見えるようになる。みんながそうなりかけているのだと、周りの空気の変化から読み取った。

《隆也と友達になりたい人、放送室にまで聞こえるように拍手してください。そしたら、俺が、勝手に友達になることを許可します》

そんなふうに笑いながら言った鈴川くんの声に、みんなは条件反射のように両手を胸の前に用意した。

しかし、両手が合わさって弾ける音は鳴らない。

変わる直前がもっとも勇気のいることなのだろう。変わってしまったらもうその前には戻れないから。変われるチャンスが訪れることのほうがよっぽど難しいのに。

次の瞬間、三年生であるひとりの女子生徒が立ち上がり、振り向き、歩きだした。彼女の手にはリボンをつけた有名なネズミのキャラクターが描かれたピンク色のブランケット。たどり着いた先は未だにあぐらをかいてうつむく松田くんのところだ。

みんなの注目を集める中、その女の先輩は松田くんを見下ろし、勢いよく言葉を吐き出した。

「あの時……、元カレにからまれて困ってる時に助けてくれてありがとう！　殴り合いになっちゃったせいで、松田くん、生徒指導室行きになったのに、お礼言うのが今さらになって、ごめんなさい」

きっぱりとそう言った女の先輩は、驚いたように顔を上げて固まる松田くんに頭を下げた。

そして頭を上げるど、小さくて細い両手を思いっきり叩きつけて、これでもかというくらい大きな拍手をした。

「これで私と隆也くん、友達ね。駅前のクレープ、おごる。あの時のお礼ね。絶対、おごる。拒否されてもおごるから！」

そんな彼女に釣られるように、便乗するように、慌ててみんなが乗り遅れないように拍手する。

体育館中にはうるさいくらいの拍手と楽しそうな笑い声が響く。

それに一番驚いたような顔をした松田くんは、その光景に呆気《あっけ》にとられている。

私は日向に向かって遠のく松田くんをずっとずっと遠くから眺めた。ひとりぼっちだった彼は、もう二度とこちら側には戻ってこないだろう。

《……まあ、みんながどんなに拍手しても、放送室にいる俺には聞こえないんだけど

ね》

わざと長い沈黙をつくっていた鈴川くんは、あはは、なんて笑う。

鈴川くんの楽しそうな笑い声が体育館に響くと、みんなは呆れたり笑ったりしながらスピーカーに向かって突っ込んだ。鈴川くんはまるで拍手が起きるのは必然だといわんばかりの嬉しそうな声で松田くんに言葉を紡ぐ。

《友達になるかどうかは、隆也、お前に任せたから》

その声に、松田くんがふっと笑顔を浮かべた。

「……ありがとな、鈴川」

その笑顔はどう見ても日向で笑う人の顔だった。そもそも日陰で笑う人なんていないけれど。私は力の入らない手を無理やり握り締め、手のひらに感じる爪の感触だけをひたすら感じていた。

人気者の斜陽《しゃよう》

拍手も徐々に止み、体育館にちょっとした静寂が訪れても、なかなか鈴川くんの声は聞こえてこなかった。

体育館内が再びざわり、ざわりとどよどめき始めた頃、鈴川くんの大きく息を吸い込む音が放送から聞こえてきて、みんながしん、と静かになる。

その声は、ひどく、ひどく落ち着いていて、それでいて、ひたすら、重たいものを抱えているようだった。

《じゃあ、最後のお話をしますね。ちゃんと聞いてください。雪村海月さん、そして体育館にいるみなさん》

頭が、真っ白になった。

たったそれだけだった。混乱にも至らない。幻と受け止めたほうが納得できる。鈴川くんが私の名前など、呼ぶわけがないのだから。

《──雪村さんは、自殺志願者です》

その言葉が、私の心をぶっすりと突き刺した。

そして周りは張り詰めた息が切れたように、一気に空気が淀《よど》み、ざわめく。

私だ。紛れもなく、彼は私の話をしている。〝自殺志願者の私〟の話を。

でもどうしてそのことを、彼が知っているのか──。

周りからの視線が一気に突き刺さる。さまざまな視線があるが、大半が一貫して、〝死〟と手を繋ごうとしている私を理解しがたいような目で見ていた。

どうして？　なんで？　大げさじゃない？　そんな視線が私に突き刺さる。

そんな中、周りとははっきりと違う視線が鋭く突き刺さった。それはリエたちの瞳だ。

驚きの中に、冷たく私を突き刺すような視線。

そこから逃げるように、私は視線を落とした。目に映る、紺色の靴下。私の弱さの象徴。


《彼女がいじめのターゲットにされていることを知ったのは二週間前。二週間前の月曜日の朝、俺は課題を忘れたことに気づいて、朝早く学校に行ったんだ》

鈴川くんの言葉に生徒の間だけではなく、教師の間でもざわめきが起きる。

ただその中で川田先生だけはハンカチを口元に当てて、静かに息を押し殺していた。

私は今度こそ力を込めて両手を握り締める。

先ほどよりも何倍も爪が皮膚に食い込み、じんわりと痛む。平気なフリをするために必死で紺色の靴下に包まれた足先を見つめた。うつむくと耳にかけていた髪がこぼれ落ちて、自分の視界を狭めた。

……ああ、そうか。そういうことか。


《朝早い学校は施錠担当の先生しかいないし、その先生も学校周りの清掃で、学校内には誰もいない――いない、はずだった。そんな朝の教室のスピーカーから、淡々とした声が流れてきた》

やっぱり、彼に私の放送を聞かれていたのだ。

でもなぜ、どうして、それを今ここで言うのだろうか。

ぐるぐると混乱する中、肥大化するみじめさ、羞恥《しゅうち》、畏怖《いふ》、それらが徐々に怒りに変わっていく。

鈴川くんのせいだ。

こんなことをされたら、私はもう、終わりだ。そしてその怒りに相反して、堪らない恐怖が足元から込み上げてくる。

うつむいた視線を上げる勇気はなかった。上げた先にぶつかるであろう〝彼女たち〟の視線が怖くて、怖くて、怖くてどうしようもなかった。いや、彼女たちだけじゃない。すべての視線が怖かった。

それなのに、彼は。私と一番関係がないくせに、私のことなどまったく知らないくせに、どうして、なんで、こんなになにもかも滅茶苦茶にするんだ。彼のせいで、私のあの耐えた日々がすべて無駄になる。もっともっといじめがひどくなる。陰湿で、悲惨で、巧妙に、私を苦しめるものになる——。

どんなに鈴川くんの言葉に圧倒的な力があったとしても、人間の歪んだそれは直らない。きっと私と鈴川くんの繋がりを勘違いした彼女たちは、私の存在を消すくらいにいじめをヒートアップさせるのだろう。

目の前が本当に真っ暗になっていく。身体から溢れ出した黒が私の視界を覆っていく。もう、なにもかも、本当に、終わりだ。

絶望と失望だけに覆われた。

《十一月六日、月曜日。私のお弁当が教室のゴミ箱に捨てられていた。食べるものもなく、ずっとトイレにこもっていたら、わざわざクラスメイトの女子がやって来て、「ひとりでごはん食べるのがかわいそうだから、お弁当捨ててあげたのに」「学校来なきゃいいのにね」と、笑いながら私に言った》

ふ、と。自分でも気づかぬうちに視線を上げていた。周りのことなど頭の片隅にもなかった。顔を上げて、真っすぐスピーカーを見つめる。

鈴川くんは、私の放送を一言一句違うことなく話しだしたのである。ハッキリと、こと細かくあの時の私の言葉を代弁していく。どうして、全部覚えているの。

放っておいてほしいと思うのに、私の真っ黒な感情に鈴川くんの言葉が光となって飛んでくる。

お願いだから、やめて！　もう、これ以上、苦しい思いはしたくない。

けれどそんな私に構わず鈴川くんは静かに、そっとマイクに自分の音を乗せていく。

《次の月曜日の朝も、放送は行われた。……十一月十三日、月曜日。靴を隠されたので上履きのまま帰宅。親に気づかれないようにするのが大変だった》

みんなが沈黙を選択するしかない空間で、鈴川くんの声が体育館にかすむことなく響いていく。

その時、カラスの鳴き声が体育館の天井を突き抜けて聞こえた。まるで、誰ひとり身動きを取れないこの状態を嘲笑《あざわら》っているようだった。

私も動けず、ただ静かに唇を噛み締めて鈴川くんの放送を聞くことしかできない。鈴川くんがなにをしたいのかが薄々わかっているのに、弱虫な私はまた逃げようとする。

怖いんだ。

嫌なこと、悪いことばかりが支配する頭の中で、なにかを期待することがもう、できなくなってしまっていたから。

《正直、俺はこの学校にそんなひどいことが起きているなんて思わなかったんだ。だから、この放送を聞いて身体に力が入らなかった。俺は、雪村さんをいじめている人たちと同じ。なにも、変わらない。俺だけじゃない、ここにいるこの学校全員が加害者になるんだと、俺は思う》

鈴川くんの抱えていたものが露呈したのと同時に、体育館は水を打ったように本物の沈黙を迎える。

鈴川くんの言葉に私の心の奥の奥が小さく揺れた。

彼の、苦しみを抱えながらも真っすぐに届く声は、今の私には少しばかり痛い。手のひらに食い込んだ爪よりも、靴下越しに伝わってくる体育館の床の冷たさよりも、私の身体をギュッと縮こませた。


《知らなかった、気づかなかった、関係ない……そんな言い訳で俺たちはどうにでも逃げられる。でも、それが罪なんだ。どんなに無関心であったとしても〝無関係〟になることなんてできない。だって、これはこの学校で起きていることだから。俺たちは同じこの学校の生徒だから》

鈴川くんの言葉が、全員の逃げ場を失くす。

そしてこれまでに聞いたことがないような鈴川くんの苦しそうな、壊れてしまいそうな声に、みんなの身体は、耳は、拘束されていた。それでも必死で鈴川くんを否定する私。

違う。きっと明日にはなにもかもが元どおりになるんだ。私は日陰で、鈴川くんは日向で。なにも変わるわけなんてない。今までだって、なにも、なにひとつ変わらなかった。私を助けてくれる人なんて、いるわけない。

必死で自分だけの殻にこもろうと唇を噛み締める。

《アウシュヴィッツへの扉は憎悪で建築されたが、道はパリの無関心によって設立された》

鈴川くんは壊れる寸前で必死に、声を絞り出していく。そうして私たちに、思いをぶつけてくる。

《いじめは加害者と被害者だけで成立するものじゃない。そこに傍観者が加わることで、決定的になるんだ》

はっきりとした鈴川くんの言葉にみんなの呼吸は一瞬、止まった。

全員が迎えた本物の沈黙の中、たったひとり、鈴川くんの必死な声だけが降り注ぐ。

《いじめへの扉を開けたのは確かに加害者だけど、被害者がその道を歩むしかないように道をつくるのは傍観者だ。傍観者、第三者は、その道をつくることも塞ぐことも、扉を閉めることだってできるのに。きっと誰もが、助けた先の自分の末路に怯えてな

にもできない。その怯えている状況を今、まさにすぐそこで味わっている被害者がいるっていうのに》

鈴川くんは、自分を正当化して逃げようとする人たちに現実を突きつけ、逃げ道を与えない。

そんな鈴川くんの声はあまりにも痛かった。

私の下唇を噛み締める力が強くなる。必死で、自分自身を抑え込む。鈴川くんが私を助け出そうとしているのに、私は道の真ん中で、ひとりうつむいているだけだ。

《俺は、雪村さんのいじめを知ったのに、どうすることもできなかった。手を加える人たちを止めようとすることも考えた。先生に話すことも考えた。雪村さんに直接声をかけてなんとかしたいとも考えた》

不意に、必死で平静を取り繕っていた鈴川くんの声が堪えきれなくなったように弱々しくなった。今もなお、悩んでいるような、もがいているような、そんな気持ちが、声音から垣間見えた。

そんなの、ぜんぜん知らなかった。彼が私に気づいていることすら。どうにかしようとしていることすら。

私は鈴川くんのことをなにも知らないのに。それなのに、彼は、どうして。

《だけど、俺が動いてどうなる？　状況が悪化するかもしれない。自分が動かないほうが良い結果になるかもしれない。いじめの〝その先〟の止め方がわからない。結局、なにもできない自分がいたんだ。……そうじゃ、なかったのに、違うのに》

彼のその言葉のどこにも嘘はない。それでいてひたすら苦しそうだった。

それはきっと、誰もがいじめに関して共通に思うことなのではないか。だってこんな痛み、絶対に味わいたくなんてない。誰だってそう思うことくらいわかる。

でも、じゃあ私は？　〝その先〟に目を背けることができるみんなと違って、誰からも救われずにひとりでその苦しみに耐える私は一体どうしたらいい？

スピーカーから、ふと視線を下ろした。呆然とした表情の人、泣きそうな顔の人、混乱したような顔の人。そんな中、私と交わったいくつか視線は逃げるように逸らされた。

——ほら、変わらない。私の中の黒が膨らむ。

《扉に向かうしかない彼女を道の脇から、安全地帯から、見ることしかできなかった。その瞬間、俺は——〝決定的〟に加害者になった》

そう言った鈴川くんの声は震えていた。私は思わず、大きく目を見開いて彼の声がこぼれ落ちるスピーカーを見つめた。きっと今、彼は泣いている。

途切れ、途切れ、そんなふうになりながらも、彼は放送をやめようとはしなかった。必死で、全力で、苦しそうに、辛そうに、嗚咽の合間に酸素を取り込むような音。

どうして鈴川くんが泣くの？　鈴川くんが泣く必要なんてなにひとつないのに。私と彼に共通点なんてない。クラスだって違う。会話らしい会話もしたことはない。ひとりぼっちと人気者。日向と日陰。それなのに、どうして、そんなに辛そうに泣いているの。

《雪村さんは、放送中、一度も泣いてなかった。淡々と、ただ淡々と。その時に人が死ぬことはなにも肉体的なものだけじゃないって俺は思い知らされた》

全校生徒の集まる体育館は驚くくらい静まり返っていた。けれどきっと、みんなの心の中は決して静かに凪《な》いでなんかない。私も、そうだ。私が泣かないんじゃなくて、泣けないんだということ、この体育館にいる何人がわかるのだろうか。わかったってその経験があるのははたして何人いるのか。

今だって私はただその場に立ち尽くすだけで、泣くことなんてできない。

《人って、涙の流し方を忘れてしまうくらいに心を壊されることがあるんだよ。悲しくても苦しくても泣けない。なにを見ても、なにをやっても、笑えない。ごはんを食べられない。食べたとしても味がわからない》

まるで自分のことを言われているみたいだった。いつからか、感情が死んで、心が死んで、自分自身が死んだ。生きる屍《しかばね》。それでも、死ねないものもあった。悲しみや恐怖、心を抉《えぐ》られるような痛みだけが私を殺しながらも。死なせなかった。

《ねえ、人として当たり前のことができなくなるくらいに心を壊した行為は……、〝人殺し〟となにが違うの？》

その問いかけに、静かに呼吸をするみんなの重たい空気がさらに重たくなった。

《俺たち人間は、凶器をもっていなくても、いつだって誰かを殺すことができるということ。それは、言葉で、態度で、行動で。そのことをどうか、絶対に、忘れないで》

鈴川くんの言葉は当たり前のものだった。人を傷つけてはいけないということを私たちは漢字を習うよりも足し算を習うよりも先に、教えられたはずなのに。

凶器をぶつけられるたびに私の心は悲鳴を上げた。いっそ死んでしまえば楽だと考えてしまうほど、悲しみや苦しみ、痛み、辛さ、恐怖だけは毎日毎日、消えることなく私の中に宿っていた。

《いじめだけに限らず、誰かを痛めつけるということは、その誰かと関わりのある人たちのことも間接的に傷つけているということ。さんざんいたぶっている友達の家族の前でも、平気な顔をして笑っていられる?》

鈴川くんの声が涙と震えで、よりいっそう弱さを増す。

彼の言葉に難しいものなんてひとつもない。とても、簡単でシンプルで、当たり前で、だからこそ簡単に忘れられるもの。

体育館内ではもう堪えきれなくなったようにうつむいて泣いている人や、魂が抜けたようにまばたきと呼吸だけを繰り返す人もいた。

私はすぐに目線を落とす。

無駄に高かった制服が視界に入り込んだ時、ふと家族の顔が思い浮かんだ。新しい制服姿の私を見て、嬉しそうに「入学おめでとう」と言ってくれた両親。それなのに、私はいつから、家族の顔を真っすぐ見られなくなった？　いつから、家族に遠回りの心配をされるようになった？　そのたびに強がって逃げて、どれだけ自分の部屋に閉じこもった？　何度、学校に行きたくなくて家族に迷惑をかけてしまいそうになった？

自分のことばかりだった。つねに自分のことしか見えていなかった。お母さんとお父さんは、ずっとどんな気持ちで私を見ていたのだろう。今、初めてきちんと振り返ると、家族のさまざまな表情が鮮明に私の脳裏に浮かんだ。

そんなことを痛感する私に、鈴川くんの放送が落ちてくる。その声には弱さや苦しさ以上に心の奥底からの怒気が含まれていた。

《一瞬の快楽や優越感のために人を傷つけることは、あまりにも無責任だと思う》

怒鳴られるよりも、叫ばれるよりも、こうして、静かに、抑揚を抑え込んだ声で言われたほうがよっぽど心に届くのだと痛感する。凛と透き通るような声は誰ひとり逃すことなく、注がれていく。

《……それに一番悲しい人間なのは、いじめている人たちだと思っちゃうんだ、俺は。人はひとりでは生きていけない。だからこそ誰かと比較するし、山のような問題にぶつかる。負の感情や劣等感なんてみんな誰だって抱いてるし、不平不満を身体中に詰め込みながらも、懸命にそれと抗いながら生きてる》

震えていて、もう誰も責めたくないと言わんばかりに弱々しくて、優しさを捨てきれないような鈴川くんの声。

鈴川くんという人物がうっすらと見えてくる。この人が救いたいと思う対象に条件なんて、きっとない。鈴川くんは優しすぎる人。そう、思った。思ってしまったし、とうとう認めてしまった。

《いじめは逃避だと思う。自分が本当に抱えている問題を無理に方向転換して、ぶつけやすい人にぶつけて、その問題から目を背けている。でもみんな、いつだって闘っている。苦しんでいる。もがいている。いろんなことから》

苦しそうに、それでも鈴川くんの声は、一生懸命、紡がれていく。

みんなに届くように。優しく響くように。

《本当に苦しんでいるものはなに？　いじめでしか自分の立ち位置を確立できなくなってしまった理由はなに？　問題を抱えることは苦しい。だけど問題から逃げ続けることのほうがもっと苦しい。逃げて、誰かを傷つけて、自分を見失ってしまうのは違うと思う》

彼が救いたいものは、いじめに関与するすべての人だ。それだけじゃなくて、ここにいるなにかしらを抱える全員に、だ。全員の苦しみをどうにかしようとたったひとりで、立ち向かっている。

《俺たちは誰かを傷つけるために生まれてきたの？　違うだろ。自分を、誰かを、幸せにするために、愛するために、生まれてきたんだ。そうじゃなかったら、きっと俺たちの命はここまでつながれていない》

鈴川くんの涙の音には優しさしか含まれていなかった。

いつの間にか力を込めて握り締めた拳は脱力しきったように開かれていた。ぐちゃぐちゃに歪んで、肥大化して、私の中をつねに駆け巡っていた真っ黒い感情は、いつの間にか彼の言葉に包まれて、たった一本の糸になってピンと張っていた。

鈴川くんが静かに息を吸い込んだ。

涙の余韻が残っているその呼吸は少し湿っぽくて、切なかった。そうして彼は泣きながら、苦しそうに自責のこもった声を、溢れんばかりの優しさを込めて吐き出した。

《雪村さん、俺はきみを見つけた。ちゃんと、見つけたんだよ。俺は雪村さんを〝見つけた〟》

「……っ」

その瞬間、私の瞳からは涙がこぼれ落ちていた。

ぷつんと真っ黒な糸が切れて、ぽた、ぽた、とただひたすら体育館の床に私の涙が落ちる。時折、私の靴下の上に落ちて、じわりと涙が染みた。

鈴川くんの言葉は私にはあまりにも重かった。

とめどなく涙が溢れては落ちていく。熱くて、しょっぱくて、息が苦しくなって、今まで身体に、心に溜まりに溜まったすべてを洗い流すように、ただひたすらこぼれ落ちていく。

どうして誰かに聞かれてしまうかもしれないリスクを負ってまで、大嫌いなこの学校に自分の出来事を発信し続けていたのか。「私の放送」を続けていたのか。

……欲しかったんだ。たったひとり、たったひとりでもいいから、〝味方〟が欲しかった。

理由は簡単だ。向き合ってくれる人が欲しかった。こんな私に気づいて見つけてくれる人が欲しかった。

ひとりぼっちじゃないって、そう思いたかった。たった、それだけだった。

残りの気力を振り絞るように、思いの詰まった鈴川くんの優しい低音が体育館に響く。

《……この事実を知った以上、そこにいる全員がこのどうしようもない現実から逃げることをやめて、考え抜いてほしい》

視界が涙でぼやけて、嗚咽が止まらなくなる。もう、周りなんてどうでもよかった。

鈴川くんの言葉だけが、私の中に留まっていた。

ずっと、ずっと、本当は、ずっと待っていた。誰かに気づいてほしかった。

諦めてしまった自分を、変わらない周りを、変えてほしかった、間違っていると否定してほしかった。狂ってしまった私の感情を、周りのいじめへの肯定を、それを自己完結させてしまった自分を、誰かにぶち壊してほしかった。

〝あの時〟、彼は肩で呼吸をしながら精一杯の声で、気持ちで、日陰でひとりぼっちの私を呼び止めてくれた。あまりにも優しい瞳に、醜い私が映ってしまうことが怖くて、期待を抱くことが怖くて。

私は救い出してくれようとする彼から逃げてしまったのに。

それなのに、鈴川くんは——。


《いじめはなくならない。確かにそうだ、なくなるといえるくらいなら、もうとっくに消えてる。でもなくならないと決めつけて現状から目を背けること、それはいじめに加担することと変わらない》

日向で笑う彼は、私を一生懸命、見つけて、苦しみながらも、泣きながらも、それでもなにもかもを振り切って。

堰《せき》を切ったように流れ落ちる涙に終わりは見つからない。次から次へと溢れ出す滴を必死に手で拭い続ける。

《いじめはなくならない。けれど〝今あるいじめ〟は、なくならないわけじゃない》

鈴川くんの力強いひと言が静かな体育館に響いた。

嗚咽を繰り返す私に届くのは、しん、と静かな体育館に啜り泣きをする音だけ。

私と〝無縁〟である鈴川くんは、日陰の中、ひとりぼっちでうずくまる私に手を差し伸べて。それでもその手を振り払おうとする私を、温かい手で引っ張り上げようとしてくれている。

とうとう立っていられなくなって、泣きながらしゃがみ込んだ。こんなに泣いたのは、いつぶりだろうか。

自分がまだ泣くことができる人間だと、涙が頬を伝うたびに実感する。

希望と期待は抱いちゃいけない。だって、絶望と失望をするだけだから。

……でも、それでも、どうしたって、ずっとずっと心の奥で待っていた。

希望も、期待も、捨てることなんてできなかった。

《きれいごとだって笑われたって相手にされなくたって、それでも俺は伝え続けたい。だってきれいごとは、希望だと思うから。きれいごとだらけの世界が実現する日はこないのかもしれない。だけどきれいごとがなくならない限り、希望もなくならないと

思うんだ》

彼の柔らかな芯のある声。心の中でひとりぼっちで怯える私に、彼は泣きながら、それでも笑って私を日陰と日向の境目まで引き寄せる。

そして、彼にそっと背中を押されて、私は日向に飛び出していた。

《……でもね、雪村さん、俺はきみをどうすることもできなかった。俺は、きみを救えなかった》

私の中に、鈴川くんとその声は届いたのに。鈴川くんはひとりだけ、未だに苦しんだまま。日向であんなに笑っていた彼は、たったひとりで日陰の中に歩み寄り、そこに立ち尽くしているように思えた。

《雪村さんは放送の最後に必ず、「来世は幸せになれますように」って言ってたよね。でも、来世なんて言わないで。雪村さん、お願いだから今を諦めないで。捨ててしまわないで》

私は、彼の言葉に、涙を拭いながら、ゆっくりと、小さく、それでも精一杯、うなずいた。

鈴川くんが涙を拭う音が、した。

次に発せられた声は、〝希望〟を語るためだけに用意されたものだった。

《人はなにかを成し遂げる時に、自分のために成そうとすることには限界がある。でも誰かのために成そうとすることに限界はない。雪村さん、俺はきみのために〝俺の人生〟を成し遂げてみせる。……俺がやり直せるって証明してみせる》

誰よりも責任感が強くて、明るくて、堪らなく優しくて、思いやりがあって、誰からも好かれていて、温かい、そんな、人が、鈴川くん。

あなたは今どんな顔をしているの？

どんな思いで、どんなふうに、ひとり、あの寂しい放送室にいるの？

《だから、俺が成せたかどうか、それを見るまで待っててほしいんだ。地に足を着けて、空気を吸って、ごはんを食べて、心臓を動かして。どうか待っててください。必ず〝ここに〟戻ってくるから》

鈴川飛鳥くん。彼は、私にとって……。
鈴川くんは六秒間の沈黙をつくった。
長くて短い、六秒間。
この同じ六秒間でも、ひとりひとり思うことは違う。
誰もが静まり返るその沈黙の中、鈴川くんは自分に罰を下した。

《——今日、俺は退学します》

時は本当に止まるものだと思った。
誰ひとりとして、呼吸をせず、目を見開いて、固まった三秒間。

《それが、俺の罰です。ごめんなさい。そして、……さようなら》

そうして、鈴川くんの放送は躊躇うことなくブツン、と唐突に幕を閉じた。

私は次の瞬間、放送室に向かって走りだしていた。
考えるよりも先に身体が勝手に動き出していた。鈴川くんのもとに。

誰ひとりとして動くことをせず、呼吸さえも止まったような静寂の体育館の中、私が靴下で床を蹴る静かな音だけが響いた。

鈴川くんの放送が始まってから抱いていた違和感はこのことだった。

体育館を飛び出し、ひたすら走る。

間に合え、間に合え、もっと速く走って、鈴川くんのもとに、間に合え！

息が切れる。廊下の床の冷たさを感じる暇もなく、足を次から次へと前へ蹴り出す。

私の心に、身体に、目一杯広がるのは鈴川くんだけ。

ただでさえ走っているから呼吸が苦しいのに、込み上げてくる涙のせいで、喉の奥がきゅうと締め付けられて、さらに苦しさが増す。

でも温かい苦しさだった。これ以上ない優しい苦しさだった。

鈴川くんが全力で私にくれた優しさの塊だった。

進学クラスの棟を抜け、普通クラスの棟を抜け、職員室の横の階段を一気に上がり始める。

涙で視界がぼやける。涙を拭うことすらせずに、階段を二段飛ばしで上がり続ける。

四階にたどり着き、走ったせいで乱れた髪をそのままに放送室に視線を向けた。

そこに、ひとりの男子生徒の後ろ姿が私の視界に入り込む。

階段を上がりきって急に止まったせいで、疲れ切った足がぴくりとも動かなくなってしまった。久しぶりに全速力で走った足は鉛のように重く、今すぐにでも攣《つ》ってしまいそうなほどに痛い。

必死で涙を拭う。

彼は私には気づかず、私が上ってきた階段とは反対にある突き当たりの階段に向かって歩きだしていた。

息切れと、嗚咽が混ざる中、私は精一杯の息を吸い込んで、彼に向かって叫んだ。

「……また明日……！」

私の声に、ぴたり、と彼の動きが止まった。

そしてゆっくりと鈴川くんが振り向いた。涙の余韻が残った私の視界は、どうしてもぼやけていて鮮明に彼が見えない。それでも彼が驚いたような顔をしているのはわかった。

きれいな顔はところどころに涙の痕跡があって、赤くなった鼻の頭が、どうしたって鈴川くんには似合わなくて。でも、彼が優しすぎることの証だとも思った。

鈴川くんの瞳が優しさを帯びて、私に真っすぐに注がれる。

ぎゅうと締め付けられる心臓を堪えるように、口を固く結んだ。

鈴川くんは私にありったけの柔らかい笑顔を向ける。

控えめに交わる視線。それでも必死でお互いの姿を目に焼き付けるように、見つめ合う。

けれど、急に、ふっと鈴川くんの視線が私から逸れた。

そしてなにかを振り切るように私に背を向けて、階段を下りていってしまった。

その後、しばらくしてから多くの足音と共にたくさんの生徒が放送室に押し寄せた。

誰かが放送室に置かれていた鈴川くんの「退学届け」を見つけると、泣きだす生徒や混乱を隠しきれない生徒、鈴川くんにひたすら電話をかける生徒、崩れ落ちてなにも言えなくなってしまう生徒などでその場は溢れかえった。

私に鈴川くんのことを訊ねてくる生徒もたくさんいたけれど、私はただただ放心状態でなにも答えられなかった。

先生たちがやっと放送室前に来て、混乱する生徒たちをなんとか自分の教室に送り返した。私は集団からすり抜け、再び体育館へとひとり足を踏み入れていた。

時計は淡々と針を動かし続けている。

鈴川くんが行った放送は四十分にも満たない。

私は時計の上に備え付けられたスピーカーを静かに見つめる。もう、彼の声は聞こえてこない。もう、彼は放送室にはいないのだから。そしてもうこの学校からいなくなってしまったのだから。

誰もいない体育館は静かで、私が静かに鼻を啜る音さえ、小さく響いた。

「鈴川くん」

初めて声に出して呼んだ彼の名前は、体育館の天井に吸い込まれる。

彼の言葉が今もずっと胸の中で優しく響いて、私に光を照らす。

たったひとりきりの体育館はあまりにも広くて、寂しい。でも、もう怖くはなかった。

「……ありがとう」

私はもう、ひとりなんかじゃないから。私には、鈴川くんという心の支えになってくれる人がいるから。私の心の中にきみがいてくれるから。

大きく息を吸い込んだ。新しい空気が身体いっぱいに広がって、まぶたを閉じた瞳から最後の涙の粒が、頬を伝った。

鈴川くん、いつかきみの目を見て、ありがとうと伝えたい。

そしてきみとふたりで笑い合えるようになりたい。

第四章　彼の声を待つ日々

三十七分間の良薬

もう買い替えることのなくなった上履きで廊下を歩く。

故意に捨てられることのなくなった教科書を詰め込んだスクールバッグは重たい。

それなのに、心はあの日々よりはるかに軽かった。

私は三年に進級すると同時に、進学クラスから普通クラスへと移った。成績が落ちてしまっていたのは事実だし、普通クラスで高校生活をやり直したいという思いもあった。

鈴川くんの放送を聞いた夜、私は両親にすべてを打ち明けた。母は泣きながら、私の話が終わる前に力強く抱きしめてくれた。久しぶりに感じる母の温もりに、私は小さな子供に戻ってしまったかのように声を上げて泣いた。父はそんな私と母を黙って見守っていたが、苦しそうに息を吐き出した後「辛かったな」と、それだけをつぶやき、そっと私の頭を不器用な手つきで、それでも何度も、何度も、撫でてくれた。

忘れ去っていた温もりはあまりにも優しくて、嗚咽で呼吸が苦しくなるほど、母の服を涙まみれにしてしまうほど、泣きじゃくった。

こんなに愛されていることを忘れたまま、私は両親の前から消えようとしていたのだ。

母の鼓動と啜り泣く声を聞きながら、父が耐えきれなくなったように顔を歪ませて私に背を向けた。その姿を見ながら、私はひたすら泣き続けた。

両親に真実を打ち明けることは苦しかった。両親の悲しそうな顔も、怒りに満ちた顔も、愕然《がくぜん》とした顔も、ずっと心に焼き付いている。だけど、もしもなにも打ち明けないまま勝手に両親の前から消えてしまっていたら、もう二度と家族で笑い合える未来なんて訪れなかった。「いってきます」と「いってらっしゃい」を言い合って、慌ただしい朝を毎日迎えることなんてできなかった。

今、私たち家族にとってそれができることがなによりの幸せなのだ。

帰りのSHRが終わり、いつもの待ち合わせ場所の昇降口に向かう。

「海月ちゃんまたねー」

「うん。また明日！」

教室の出口付近で声をかけられ、振り向いてクラスメイトの友達に手を振る。

放課後を迎えた学校は解放感で一段と騒がしくなる。昇降口に向かう生徒たちの中、廊下を歩きながら何気なく教室を眺める。

私にとっては永遠にも近い鈴川くんの放送は、たった三十七分間の出来事だったらしい。どれだけ鈴川くんが強烈な三十七分間を生み出しても、毎日は淡々と過ぎ去っていくもので、この学校では鈴川くんのいない日常が当たり前になっていた。そうしてもう、鈴川くんの不在を嘆く声は聞こえなくなった。以前は私を腫れ物のように扱う人もいたけれど、今はいない。

時間が解決してくれる、といつかなにかの本で読んだことがあるけれど、まさにその状況の中にいるんだと、ふとした瞬間に感じる。

でも、私に芽生えた鈴川くんに対する感情は時間が解決してくれるものではなかった。むしろ、時が過ぎれば過ぎるほど、彼への思いは強くなっていった。

鈴川くんに話したいことが増えていく日々、伝えたいことが山積みになっていく毎日、彼への思いが募っては胸焦がれる日々。

「……会いたい」

思わずつぶやいた。苦しくなる胸を抑えて、首を小さく横に振る。そうして顔を上げて再び廊下を歩きだした。その時、開け放たれた窓から風が舞い込んできて私の頬を優しく撫でた。

気持ちの良い風に息を吸い込んで目を閉じれば、その風が外にいる数人の男子生徒の声も運んでくる。

「今度の全校集会、服装検査だってさ」

「面倒くさ。誰か邪魔してくんねぇかな。あーほら、鈴川みたいに」

「うわ、懐かしいな。つーか、学校辞めるなんて思わなかった」

「辞める必要なんてなかっただろ。よく親も許したよなー。ありえねー」

「俺だったら無理だわ」

「いや普通、みんなそうだから」

私はピシャリ、と窓を閉めた。思いのほか勢いよくバンと閉まった窓の音に、周りから視線を集めてしまったが、そんなことなんて気にしていられなかった。

鈴川くんの放送がこの学校にどれだけの影響を与えたのかは、正直わからない。

鈴川くんの救いたかったものがすべて救えたのかは、わからない。

鈴川くんが自分に与えた罰と代償に見合うような影響が、この学校に訪れたのかは、きっと誰にもわからない。

さっきの彼らにとっては、鈴川くんの放送は一種の茶番のようなものに過ぎなかったのだろう。なかには響かない人だっている。それが現実だ。悔しさを無理やり呑み込む。

こういう時、鈴川くんだったらどうするんだろうか。笑って受け止めるんだろうか、ちょっぴり困ったように。今、彼はなにをして、なにを見て、なにを感じて、どんな気持ちで、どんな顔をしているんだろうか。できれば彼には笑っていてほしいと思う。

鈴川くん、私はやっぱりきみに会いたい。

鈴川くんがいない日常は、当たり前のようにこれからも続いていく。多くの人が鈴川くんを過去の人と区切りをつけて、終止符を打った先の自分と、その周りの日常に夢中になっていくのだろう。

階段を下りていると、ブツンと、放送独特の音が学校に短く響く。

この刹那、私はいつも鈴川くんの放送を思い出す。

鈴川くんはもうこの学校にはいないのに。

《生徒会からのお知らせです》

でも、鈴川くんが懸命に語って残した〝希望〟は今、その期待に応えようと激しく輝いているのも事実だ。

烏丸くんは鈴川くんから生徒会長を引き継ぎ、以前とは比べ物にならないほど積極的に前に出るようになった。びくびくとしていた昔の自信なさげな姿はかけらもない。

背筋を伸ばし、真っすぐに視線を上げて生徒会長の挨拶をする彼を、誰も笑わない。学校のみんなが「生徒会長」と口にする時、それが当たり前のように烏丸くんのことだと認識されるのに時間はかからなかった。

《球技大会の競技出場名簿の提出期限は明日までです。まだ提出していないクラスは忘れないように注意してください》

烏丸くんのはつらつとした声が学校中に広がっていく。全校集会や、挨拶運動などで見かける烏丸くんは、つねに笑顔だった。

その姿に彼も私と同じように、鈴川くんに光を灯されたひとりなのだと思った。

鈴川くんの放送をあの日、全員が聞いていたことは事実だ。それでも、私や烏丸くんと先ほどの男子生徒たちとでは、鈴川くんの放送の価値はまったく違う。

それを痛感するようになってから時々、思うことがある。

すべての人に効く〝万能薬〟はないということ。そして、それと同時に、たったひとりの不治の病を治す〝特効薬〟はあるということ。

〝良薬は口に苦し〟とはまさにそのとおりで、私にとって、鈴川くんの特効薬はあまりにも苦かった。

烏丸くんにとっても鈴川くんの言葉は良薬だった。それだけのことなのだ。

もうすぐ昇降口というところで、とある人たちと鉢合わせした。

この学校に入って、最初に仲良くなった子たち。私と目が合うと、向こうは驚いたように目を微かに見開いた後、少し戸惑いながら唇を小さく開けた。

私は、そんなリエたちを見つめ、ゆっくりと口角を上げて先に言葉を投げかけた。

「久しぶりだね」

私の声に、サナは少し目を逸らしながら小さく口角を上げて笑った。メグも同じように笑いながら、曖昧な顔を隠すようにそっと前髪に触れた。

「……久しぶりだね、海月」

リエは私の顔を見て、逡巡《しゅんじゅん》したが、らしくない笑顔と共にそうつぶやいた。

私たちとの溝はあまりにも深くなってしまった。傷はひどすぎて治りが悪い。もしかしたら後遺症が残り、私たちの関係が修復できる日はこないのかもしれない。

それでも直せるところまでは、私が頑張れるところまでは頑張りたいと思った。


鈴川くんの放送で、先生たちは私たちのいじめについて話し合いの場を設けた。

「誰にやられたのか」と先生に聞かれた時、私は自分でもわからないけれど、どうしてもリエたちの名前を出すことができなかった。それでも他のクラスメイトの情報で浮き彫りになった私とリエたちとの関係。私たちは、多くの先生たちと一緒に話し合いの場を設けられることになった。

最初はお互いに黙り込んでいたが、不意にアイが震える声で沈黙を破った。意を決したように勢いよく椅子から立ち上がり、スカートがしわくちゃになるほど両手で握り締め、私に頭を下げた。

「海月、ごめん……私っ――」

　苦しそうに声を絞り出したアイは頭を下げたまま肩を震わせて泣きだした。それでも涙の合間で必死に言葉を紡ごうとする。

「私……自分がいじめられるのが、怖くてっ、どうしても怖くて……、海月は助けて……くれたのにっ」

　その言葉に嘘はないのだと、わかった。アイの苦しそうな声に、泣きながらも必死で私に言葉を落とすその姿に、アイの苦痛がひしひしと伝わってきた。

「ごめんなさい、海月……ごめんね……っ」

　それを言い切るとアイはとめどなく流れる涙を何度も何度も手で拭いながら、泣き続ける。そんなアイの姿に私は考えるよりも先に口が動いていた。

「……アイの気持ち、よくわかるよ」

　みんなの視線が私に注がれる。それでも私はアイを見つめ続けた。

　いじめられる怖さも、いじめられる人をどうすることもできない自分も、泣いても泣いても涙が止まらないくらい苦しい気持ちも、よく知っている。

　知っているからこそ、もう、誰にも泣いてほしくなんてなかった。

　裏切られた悲しさも、追い込まれた苦しさも、歪みきって傷ついた心も。いじめられた憎しみは、きっと私の心のどこかで彷徨《さまよ》い続けて消えはしないのかもしれない。

それでも、私は目の前のアイに、リエたちに、先生たちに、はっきりと言葉を届けていた。

「私はもう、大丈夫だよ」

微かに強がりもあるのかもしれない。だけど、この言葉に嘘はなかった。

泣きそうな気持ちをこらえて、ゆっくりと口角を持ち上げた。驚いた顔ばかりが私の目に映る。

心の隅をひっそりと浮遊する真っ黒な塊は、温かく、優しい陽だまりに包まれている。

「……ひとりぼっちじゃないって気づけたから、もう大丈夫」

鈴川くんの優しさに包まれて、家族の温もりに守られて、私はきっと強くなれている。

その後はリエたちもぽつりぽつりと口を割り、話し合いの日々は続いた。

私が普通クラスに移動してからはこうして会うことは激減した。本当だったら会話もせずにすれ違うだけの生徒同士になってもいいのかもしれない。

けれど、私は声をかけ続けようと心に誓った。

「受験、頑張ろうね」

そう言って、リエたちに笑いかける。彼女たちも〝受験〟という言葉に少し疲れたように笑って、「頑張ろうね」と私に言葉を返す。

たったひと言だけでも、会ったら話をしようと思った。

だって私たちが友達だった日々は確実にあったのだから。悲しい関係に、苦しい思い出にどうしても負けたくなかった。それらを上塗りするために、リエたちと笑い合った日々と、これから築く関係を大切にしようと思った。私なりに、いじめは〝とある出来事〟として処理できるようになりたかった。

リエたちと別れ、昇降口にたどり着くと「すみません」と声をかけられた。見知らぬ男子生徒が私を見つめていた。私が首を傾げれば、男子生徒は手に持っていたルーズリーフを一枚、私に差し出す。

「俺、新聞部の岡本《おかもと》って言います。鈴川飛鳥先輩のことを新聞の記事にしたくて、ぜひ雪村先輩にアンケートに答えていただきたいと思いました」

少し緊張した様子の彼の声を聞きながら、〝鈴川飛鳥〟という名前に心臓が跳ねた。

私がルーズリーフを受け取ると、彼はホッとしたように顔を緩ませ緊張を解いた。

ルーズリーフに視線を落とそうとした時に、不意に「海月?」と私の名前を呼ぶ女の子の声が聞こえた。私が顔を上げ、声の方に視線を向けると、釣られて岡本くんも顔を動かした。

　私に声をかけたのはアイだった。

　アイが一緒にいるのは進学クラスの女子生徒ふたり。

「アイ！」

　私の声に、アイは穏やかに顔を綻《ほころ》ばせつつも私のもとに走ってきた。ギュッと握られた両手は温かい。

　アイは私に泣きながら謝った次の日から、リエたちのグループを抜けた。そして、クラスメイトたちからぎこちない距離を保たれている私の側に、なにがあっても片時も離れずにいてくれた。私が進学クラスにいた間、私はアイと一緒に学校生活を過ごした。

　時間が経つに連れて私に普通に話しかけてくるクラスメイトも増えて、ふたりで過ごしていた日々はいつの間にか三人、四人、と増えていった。

　こないだ一緒に帰った時とは違って、アイの髪はばっさりと短くなっていた。

「アイ、髪切ったんだね」

　アイはちょっぴり恥ずかしそうに笑うと、短くなった髪を触る。

「髪の毛が濡《ぬ》れたまま寝る日が続いちゃったから案の定、風邪引いちゃって」

「アイ、医学部だっけ？　目の下クマすごいよ。ちゃんと寝てる？」

メッセージのやりとりはしているけれど、いざ顔を見るとアイがへとへとになっているのがわかる。アイはへらりと笑いながら「ありがとう」と私の手をもう一度、ギュッと握った。

「……あのー……」

ふたりの話し声のやんわりと低音が割って入る。新聞部の岡本くんは申し訳なさそうに頭を何度か小さく下げながら、私たちを見る。

アイが慌てたように私の手を離し、距離をとると私に片手を上げて笑う。

「ごめんね、お邪魔しちゃった。海月、またね」

ひらひらと手を振って友達のもとへ向かうアイに声を飛ばす。

「またねー。あんまり無理しないでね」

私の声に、アイは肩をすくませて目を細めて笑うと、友達の輪に入りその場を去っていった。振り返り、岡本くんに謝ると、岡本くんも申し訳なさそうにしながら言葉を続ける。

「アンケートは後でまた受け取りに行きます。もしなんかあったら部室に来てもらえたら誰かしらいると思うので」

岡本くんの言葉にうなずくと、彼はほんの少し笑顔を見せ、「じゃあ」と頭を下げながら去っていった。

そんな彼に私も頭を下げつつ、ルーズリーフに視線を落とす。そこにはたった一言。

――鈴川くんといえば？

それだけだった。紙の裏も見たが、他にはなにも書かれていない。

あまりにもシンプルなアンケートは、答えるにはあまりにも難しいものだった。むしろ言葉で表せるのだろうか、とその一文を何度も目で繰り返し追いかける。


「それは、ラブレターですか？　雪村ちゃん」

すぐ背後から楽し気な声が落とされた。飛び上がりそうになりながら慌てて振り返る。あまりにも真剣に鈴川くんについて考えていたせいで、後ろに誰かが近づいていたことに気づかなかった。

ぶわっと身体中の熱が頬に集まった理由は、驚きが三割、鈴川くんの自分への思いが他人に気づかれてしまったのかもしれないという恥ずかしさが七割。

「アンタはいい加減、海月のことからかうのやめな」

そう言って私の真後ろでいたずらに笑う春馬くんを、スクールバッグで殴るのは千鶴ちゃん。

リュックを背負う春馬くんは叩かれた頭を押さえながら、口を尖らせて千鶴ちゃんを睨みつける。

「ちょー痛いんですけど。飯田は自分が馬鹿力だってもっと自覚しなさい」

「わかった。じゃあ本気出すから頭貸して」

「ばかか！　それで『はいどうぞ』って言うばかいるかよ」

「私の目の前にそんなばかがいるけど」

　ふたりの言い合いに思わず声を出して笑う。そんな私の顔を見て、ふたりも歯を見せて笑った。

　親は私を心配して転校することを提案してきた。それでも私が転校せずに普通クラスでやり直せると思ったのは、千鶴ちゃんと春馬くんのおかげだ。

　鈴川くんの親友を名乗るふたりは、放送の次の日から見ず知らずの私のところへ毎日押しかけてきた。

　まだ放送の余韻が蔓延する学校内で、私たちのいじめの問題もまったく進展していない中、ふたりは私に容赦なく話しかけ、放課後は進学クラスの授業が終わるまで私を待っていて、いろんなところに連れ出してくれた。今思えば、その優しさのおかげで私は周りに早く馴染めたのだと思う。

　その後、アイが一緒にいてくれるようになってからはふたりが毎時間、私のクラスに訪れることはなくなったけれど、会えば必ず声をかけてくれたし、休日も一緒に遊んだり、勉強をしたりして過ごした。

三年に進級する時に、普通クラスを勧めてくれたのも千鶴ちゃんと春馬くんだった。クラスは違うけれど、用事がない限りはいつも昇降口で待ち合わせして一緒に放課後を過ごしている。


「やっぱりこれ、海月ちゃんももらったんだね」

そう言って千鶴ちゃんも私と同じB5のルーズリーフをひらひらさせる。その隣の春馬くんは左手に丸めてはあるが同じものをもっている。

そこには私と同様に「鈴川くんといえば？」とだけ書かれていた。

「雪村ちゃん、この後なんか用あんの？」

にかっと笑う春馬くんの髪は今日も明るい。その時、千鶴ちゃんが思い出したように春馬くんに声をかける。

「あれ、そういえば隆也くんは？」

「あ、そーそー。さっき廊下で会って誘ったんだけど、弟の迎えがあるから悪いって」

「それじゃ仕方ないかー」

千鶴ちゃんと春馬くんがちょっとつまらなさそうに唇を尖らせた。

鈴川くんの放送から、隆也くんがひとりでいることはなくなった。むしろ、怖い顔をして天然発言をする隆也くんの周りにはいつも人がたくさんいるようになった。見た目は相変わらずで、生徒指導室にはやっぱりよく行くみたいだけれど、友達は増える一方だった。

春馬くん情報だと、あの日の体育館で隆也くんに一番に声をかけた女の先輩は今ではひたすら隆也くんに片思いしているらしい。卒業後も隆也くんのバイト先にわざわざ足を運んでアタックしているらしいが、隆也くんの天然っぷりと鈍感さが炸裂《さくれつ》して先輩の恋心は膨らむ一方だとか。

三人で騒がしい学校の中を歩きだす。

「てかさあー、聞いてよ。今回の英語のテスト四十八点。これやばくない？　受験生らしからぬ点数じゃやない？」

千鶴ちゃんの弱った声にふたりで笑う。

すると不服そうに春馬くんの肩をパンチした千鶴ちゃんが、「笑うな、二十二点」と春馬くんの点数も教えてくれた。

こうやって、また、笑いながら学校の廊下を歩く自分がいるなんて、信じられなかった。

きっと、あの頃の私にそう言っても絶対に信じなかっただろう。信じられないはずだ。

でも実際に今、私は笑っている。ここで、廊下で、ふたりの友達に囲まれて。

人生なにが起こるかなんて、未来がどうなるかなんて今を生きる私たちにはわからない。

「飛鳥が俺と飯田の点数聞いたらなんて言うと思う？」

けたたけた笑いながら、私に問いかける春馬くん。前を歩く千鶴ちゃんが鈴川くんの声真似なのか、いつもより低くした声をこちらに投げた。

「『ねえなんでそんなにふたりはばかなの？』だよ、絶対アイツ！　想像しただけでも腹立つな」

春馬くんがそれにさらに笑い声を大きくした。私も千鶴ちゃんの声真似と、春馬くんの笑い声に釣られて笑う。

ガラガラと千鶴ちゃんが理科室の扉を開ける音が耳に滑り込む。

「しかも今、飛鳥は海外だもんな。なおさら怒られそう」

笑いを引きずりながらもそう言った春馬くんは、どこか寂しそうだ。

春馬くんは千鶴ちゃんの後に続いて理科室に足を踏み入れる。私もふたりに続く。

鈴川くんが退学した直後は、引っ越し先や転校先など、彼に関するさまざまな情報が学校中に飛び交った。しかし、鈴川くんの親友である春馬くんと千鶴ちゃんが「海外留学をした」と、鈴川くんのお母さんから直接聞いたことでたくさんの誤情報は消え去った。

でも、親友であるふたりでさえも鈴川くんと連絡はいっさい取れないらしい。海外ということもあるけれど、鈴川くんが当時持っていたスマホには繋がらないと多くの生徒たちが言っていた。

今、鈴川くんと連絡を取っている生徒はおそらく誰ひとりいない。

結局、退学した後の鈴川くんを知る人は誰もいないのだ。

千鶴ちゃんはスキップでバルコニーの扉の鍵を躊躇うことなく開けた。

私はそんなふたりに微笑み返して彼らのもとに走っていく。バルコニーに出ると、爽やかな風が頬を撫でた。

「海外で泣いてないといいねー」

春馬くんの優しい声に、千鶴ちゃんが少し怒ったような声を返す。

「いや、むしろ泣きわめいていればいいのにと思う」

「そんなこと言って心配なくせに」

千鶴ちゃんが思いっきり春馬くんを殴る。春馬くんは痛みに悶《もだ》えながらも、「じゃあ始めますか」とつぶやいた。

私はそのつぶやきに思い当たる節がなく、ふたりに問いかける。

「なにを始めるの？」

私の言葉にふたりがにやりと楽しそうに笑ってルーズリーフを突き出す。

「そりゃあ、なにするって、こんな紙もらっちゃったらなあ？」

春馬くんのいたずらじみた声に千鶴ちゃんも深くうなずいて、その紙の項目を読み上げる。

「鈴川くんといえば？」

これが今の私の当たり前の、そして、かけがえのない放課後の日常。

鈴川くんが、私にくれた、大切な日々。

千鶴ちゃんの声を皮切りに、鈴川くんと付き合いの長いふたりがここぞとばかりに叫びだした。

「あほ！」

「ぼけ！」

「マヌケ！」

「天然タラシ野郎！」

「イケメンかよ！」

「それ褒めてんじゃん」

「あ、そっか。じゃあ大ばかやろう！」

ふたりの楽しそうな顔が、ほんの少しだけ、歪んだ。本当の気持ちがにじんでしまったように。きっと、鈴川くんを思い出しているんだ。

けれどすぐに切り替えて笑う春馬くんに、さすが鈴川くんの親友だなって思った。

私は自分の手元にあるルーズリーフの文字を追いかける。そして笑いながら鈴川くんの文句を垂れるふたりに向かって、改めて素直な気持ちをぶつける。

「……私と、一緒にいてくれてありがとう」

私の言葉に引っ張られるように振り向いたふたりは、キョトンとした後、優しく目を細めた。

千鶴ちゃんは隣の春馬くんを見つめると「もう、時効かな」とつぶやいた。春馬くんは笑いながらうなずくと、背負っていたリュックを下ろして中を漁り始めた。私はふたりの行動の意図がわからず、ただただカバンの中を探るふたりを見つめることしかできない。

ふたりはそれぞれ、一通の手紙を取り出すと私に笑いかける。

千鶴ちゃんと春馬くんが持っているシンプルな便箋は二通とも同じもので、差出人も同じ人物だった。

手紙から顔を上げ、ふたりに視線を向けた私に優しい眼差しを送る千鶴ちゃんとはにかむ春馬くん。春馬くんが手紙を開きながら、私に手紙のことについて話し出した。

「飛鳥が退学した日、俺と飯田の下駄箱にこの手紙が入ってたんだ」

春馬くんの言葉に、千鶴ちゃんは呆れたように笑いながら言葉を付け足す。

「きっと放送が終わってから入れたんだと思う、あの日の朝は入ってなかったし」

千鶴ちゃんも中身を取り出した。ふたりの手紙はどちらもよれよれで、たったそれだけでどんなにふたりが鈴川くんのことを大切に思っていたかがわかった。

春馬くんが手紙の文字を見て追いかけながら、読み上げていく。

「——俺は春馬の名前で図書館の本を借りていたことをここで懺悔《ざんげ》します。じゃんけんで春馬が最初に必ずグーを出すと知っていて、よく、飲み物をおごってもらっていたこともついでに懺悔しておきます」

くすくす笑う千鶴ちゃんに、春馬くんも読みながら笑っている。私は新たな鈴川くんの一面に驚きながらも、ふたりに釣られて口元が緩んだ。

「今さらだけど『懺悔』って春馬、読めないよね？　一生かけて辞書で調べてください。それから……」

笑いながらも千鶴ちゃんが春馬くんの声を遮った。

「ふたりのくだらない内容はいいから、早く本題入ってくんない？」

春馬くんはつまらなさそうに頬を膨らませた。しぶしぶ手紙の下のほうに視線を落とし、本題とやらを読みだした。

「親友の春馬に一生のお願いがあります。雪村海月さんの側にいてください。なるべくたくさん、少しでも、できれば彼女の涙が止まるまで、一緒にいてほしいです」

春馬くんがこぼしていく言葉に、胸が激しく波打つ。鈴川くんは放送だけで終わらせてはいなかった。

千鶴ちゃんの温かな手が、なにも言えずに固まる私の背中をそっと撫でる。

春馬くんはそんな私たちを一瞥《いちべつ》した後、穏やかな声でそのまま手紙の続きを読み始めた。

「本当は俺が彼女の側にいたい。涙が止まるまで、笑顔が見られるまで、笑い合えるようになるまで、側にいたい。だけど、それは今の俺にはできないから。でも春馬と千鶴なら雪村さんの笑顔を取り戻してくれるって俺は信じてるから――」

はらり、はらりと熱くなった目頭から涙がこぼれ落ちる。

外の空気に触れて冷たく乾く涙。それでもすぐに新しい涙がぽろぽろと頬を伝う。

涙を拭うことなく、春馬くんから紡がれる鈴川くんの思いを、必死で何度も心の中で繰り返していた。

どこまでも鈴川くんは優しくて、私を救い上げようとしてくれていた。

静かに泣き続ける私の背中を撫でながら千鶴ちゃんがそっと声を落とす。

「私の手紙にも同じことが書かれてた」

手紙をしまいながら、春馬くんが千鶴ちゃんを指さし私に笑いかける。

「飯田宛ての手紙なんか『千鶴は本当は泣き虫なんだからもっと弱音を吐いて、強がらないで』って諭されてんだよ」

その瞬間、千鶴ちゃんが春馬くんを睨みつける。

「うっさいハゲ」

「フサフサだわ！　本当のこと言っただけじゃん」

改めて鈴川くんの優しさに触れて、ふたりの優しさに触れて、とめどなく流れ出る涙をそのままに小さく笑った。

「千鶴ちゃんも、春馬くんも、本当にありがとう」

私の言葉に、ふたりはやっぱり堪らなく優しい笑顔を返してくれる。

「いちおう言っておくけど、私たちは頼まれたから海月の側にいたんじゃないからね」

千鶴ちゃんの言葉にふたりを見つめると、そこには深くうなずく春馬くんと私を真っすぐに見つめる千鶴ちゃん。

「俺も飯田もただ純粋に雪村ちゃんと仲良くなりたかったんだよ。それなのに飛鳥ったら、ほーんとありがた迷惑ってんだよ」

照れ隠しのように思いっきりはにかむ春馬くん。千鶴ちゃんも私に向かって楽しそうに笑いかけた。

ふたりの手にある鈴川くんからの手紙には、涙の痕があって、鈴川くんが付けたのか、それとも千鶴ちゃんや春馬くんが付けたのかはわからない。ただ、どちらにせよ優しい人が落とした涙だということだけはわかった。

春馬くんが涙を堪えるように鼻を啜る私を見ながら、口を開く。

「やっぱり飛鳥には直接雪村ちゃんの涙止めてもらわないとな」

千鶴ちゃんはその言葉に「当たり前でしょ」と付け足す。

ぐーんと伸びをした春馬くんが思い出したようにB5のルーズリーフを見た。

「飛鳥に言いたいことなんて、いっぱいあるよな」

「たくさん考えておかなきゃならないし、あたしはとりあえずぶっ飛ばすわ」

千鶴ちゃんの本気の肩パンチなら脱臼くらいは覚悟しなきゃいけないだろう。

春馬くんが「こえーよな」と私に囁《ささや》きながら笑う。私は涙を両手で拭って、大きく息を吸い込む。

ふたりが涙を止めてくれて、笑顔をくれたのだから、私もふたりの前でありったけの笑顔でいたい。

「とりあえず俺は、じゃんけんでチョキ出して飛鳥に勝つわ」

「は？　なにそれ。マジでどうでもいい」

「うっせーよ！　言いたいことはめちゃくちゃあるけど、そうだなあ……」

そこで言葉を切った春馬くんは、私に顔を向けた。

柔らかな風が私たちの髪をふわりと揺らす。春馬くんの栗色の髪は太陽に照らされて、いつもより明るくてきれいだった。

「……雪村ちゃんだったら、まずなんて言う？」

その問いかけに、さまざまな感情が身体中を駆け巡る。

駆け巡る感情の中。でも、その中でありったけの優しい言葉が、ふわり、と浮かんだ。

そして私はそれをそのまま声にした。

「──〝また明日〟、かな」

ふたりは振り向き、私の言葉に一瞬頭にクエスチョンマークを並べたけれどすぐに笑顔を浮かべた。

千鶴ちゃんの優しさを帯びた瞳が私に注がれる。その表情のまま落とされた声もやっぱり優しかった。

「早く、言える日が来るといいよね」

春馬くんが何度かうなずきながら大きく深呼吸して、息を吐き出すと同時に声を青空に飛ばす。

「会えるじゃん……生きてれば」

その力強い言葉に私も迷わずうなずいた。

「うん、そうだね」

私は今日も、地に足を着けて、空気を吸って、ごはんを食べて、心臓を動かして。

〝ここ〟で、鈴川くんを、待っている。

第五章　ふたりきりの放送室

きみありて〝仕合わせ〟

十年後――。

私が放送室に入ると、放送委員になった男子生徒は、すでに放送席の椅子に座っていた。入学式の放送の準備をするためだ。

「あー、先生。風邪、大丈夫?」

振り向き、心配そうに私の顔を覗き込む生徒。その何気ない優しさに心が温まるのを感じながら、微笑む。

「もう大丈夫よ。ありがとね」

新年度が今日から始まるというのに、私は四月に入ったとたんに風邪をこじらせてしまい、昨日まで寝込んでいたのだ。

おかげで赴任してきた先生方とまったく顔合わせができていない始末だ。受け持った美術部の子たちにも申し訳ないことをしてしまった。

この学校の体育館には体育館用の放送室がないため、B棟にある放送室を使うことになっている。

「基本的に今回は音楽しかかけないから、時間になったらかけるの忘れないでね」

私の声に、ふふん、と得意げに笑う生徒に私も釣られて笑ってしまう。どの子たちもかわいくて仕方ない。

「去年もやったし、放送委員二年目だからプロだよ」

「ずいぶん頼もしい」

「まあね！　でもさ、雪村先生……、この放送室、呪われてるって知ってた？」

すぐさま話が変わるのは若い証拠なのかなと思いながら、私は無意識に首を傾げていた。学生時代に、放送室の呪いなどという、まがまがしい噂を聞いたことはなかったなと不思議に思う。

すると、いきなり生徒は椅子から下りるとしゃがみ込んで、放送機器の並べられた机の下に潜り込む。私はそこに少し思い当たりがありつつも、生徒の側に寄って一緒になってしゃがみ込んだ。

制服時代は汚れなんて気にせずに寝っ転がることができたのに、教師となりスーツを着ている今、安易にそんな行動はできない。

「ほら、これ！」

そう言いながら生徒は机の裏にあるそれを指さした。

「『誰か一緒に死にませんか？　M・Y』って。M・Yってあれだよね？　名前のイニシャル。つーかさ、死ぬわけねーじゃん。ね？　マジで誰がこんなん書いたんだよ。

しかもさ、その横が、『死ぬ前に、十年後ここで待ち合わせしましょう。A・S』だよ！　意味わかんないじゃん？　これね、結構有名なんだよ」

「あら、絆創膏はがれちゃったのね」

饒舌《じょうぜつ》になっていた生徒は、私の思わずこぼれた声に、怪訝そうな顔を浮かべた。

「なに言ってんの？　先生、絆創膏って？」

「ううん、なんでもない」

「ふーん、あっそう。ねぇ、先生、俺さトイレ行ってきてもいい？」

わずかに引っかかりながらも、興味なさそうに生徒は立ち上がり、私にそう告げる。

この放送室からトイレに行くのには、踊り場がある階段を二つも下りなければいけない。

「いいけど……」

「んーじゃあ、その間、放送のやつやっといてね！　俺、トイレちょーちょーちょー長いから！」

「あ！　トイレじゃないでしょう！　逃げるつもりね？」

「あははっ！　プロはそういうもんなの」

そう言って生徒は職務放棄して放送室から出ていってしまった。

マイクの横には入学式で流す曲のリストが置いてあって、うまいこと押しつけられたなと、苦笑いする。

また、放送室にひとりぼっちになってしまった。まるで十年前の私みたいだ。でもやっぱり寂しいなんて思わない。むしろ、懐かしいと思う気持ちと胸焦がれる思いが膨らむばかり。

……もう、十年経ったよ、鈴川くん。


「――また放送室にいるんだね、雪村さん」

いきなり後ろから聞こえた、あの日、私たちに大きな傷跡を残した優しくて、ひどく懐かしい声。

私は、真っ白になった頭をなんとか動かして、ゆっくりと振り向いた。

「雪村さん、久しぶり」

そう言って放送室の扉に寄りかかり微笑む彼は、あの頃とぜんぜん変わらない。

けれど、あの頃より伸びた身長に、少し低くなった声に、前よりももっと力強くなった瞳。

黒いスーツにブルーのネクタイ、シルバーの腕時計。当たり前だけど、もう、制服を着ている彼ではなかった。

放送室のくすんだカーペットにそっと足を踏み込み、目の前の私を本当に嬉しそうに見つめる彼。

ずっとずっと待っていた。いつか会える日がくると信じていた。

それでも今、目の前にいるのが本当に彼なのか、どこか信じられなかった。

彼を見つめたまま固まる私に、優しい双眸《そうぼう》がひたすら注がれる。彼は私を懐かしむように、それでもどこか不安そうに、濡れた瞳でじっと私を見つめる。

「今年からこの学校の英語教員となりました、鈴川飛鳥です」

ふわり、と笑顔と共にこぼされた自己紹介。私はその名前を聞いたとたん、どこか実感のもてなかった目の前の現実が一気に色づいた。

頭で受け入れられても、身体はなかなか言うことを聞いてくれない。驚きで彼を見つめたままただただ、まばたきを繰り返すことしかできない私。

ずっと、ずっと会いたかった人が今、目の前にいるというのに。

彼を忘れた日など今日まで一度もなかった。

彼に言いたいことは山ほどある。

それなのに、いざ彼を目の前にすると、なにを伝えればいいのか。真っ白になった頭では考える余地さえなかった。

けれど、今まで、積もり積もった思いは無意識に口から静かに飛び出していた。

「……また明日……」

私のつぶやきに、ずっと微笑を浮かべていた彼のきれいな眉がピクリ、と反応した。

それは彼が十年前に引き戻された証拠。

私はそんな反応に今までのなにもかもが吹っ飛んで、ふふ、と笑ってしまった。

そしてそのまま、本音を吐く。これはいわゆる愛の裏返し。

「……が、十年後ってどういうこと？」

私の辛辣《しんらつ》な声に、彼はほんの少し困ったように、そして嬉しさのにじんだ笑みを浮かべた。

「お待たせいたしました。童話のお姫様よりも待ってくれてたんじゃないかな」

そんな冗談に私も思わず笑ってしまう。

私たちが交わした会話は、あの頃の彼が私を呼び止めた声と、交わした名前と、『また明日』。たったそれだけだ。

「王子様が強くなるためにどっか行っちゃうから。だいたい、織姫《おりひめ》と彦星《ひこぼし》だって十年あれば十回は会えるでしょうに」

私の言葉に、彼は小さく頷きながら笑顔でつぶやいた。

「俺は目の前の織姫さまに頭が上がらないな」

だけど、鈴川くんを思う気持ちはとても、とても、長かった。

長くなるにつれ、会いたくて、会いたくて、会いたくて、堪らなかった。

ああ、私の目の前にいるのが、本当に、紛れもなく、彼なのだと、そう思うと、なぜだか無性に泣きたくなった。

彼も、じっと、熱のこもった瞳で、私を見つめていた。

彼の瞳は、あの頃よりさらに深くなった優しさが詰め込まれていて。

そんな瞳に見つめられるのが、恥ずかしくて。それでも、彼の視界には入っていたくて。

「……それで、〝一緒に死んでくれるの〟？　鈴川くん」

そんなことを口走ってしまう。

可愛げのない、甘え下手な自分ばかりが彼の前に現れる。

それに対して、鈴川くんは腕時計をしているほうの大きな手で口元を覆って、くすくすと笑いをこぼした。

笑った時に目尻にできるシワがあまりにも優しくて，思わず胸が締めつけられる。

そして、彼は私の目の前までやって来る。

手を伸ばせば、かんたんに触れられる距離。でも、本当に触れていいのかわからない私たちの距離。

それでも、初めてこんなに近くなった鈴川くんとの距離に、今までの気持ちがとめどなく溢れそうになる。

「〝十年〟も待っていてくれて、ありがとう。雪村さん」

「長すぎるよ。おかげさまで、来世が遠のく一方」

「それはなにより」

そう言って再び目尻にシワをつくって笑った鈴川くんは、迷わず私の手をとる。

スーツ姿なのに躊躇うことなく、机の下に寝転んで〝雪村の文字〟と〝鈴川の文字〟を私に見せようと誘導した。

「あれ？　俺、雪村さんの文字のところに絆創膏貼ったのに」

「もういらないよ。かさぶたまできれいに消えた」

その言葉に、鈴川は目を見開いて私を見る。

寝っ転がる私たちは狭い机の下で顔を向き合わせるものだから、その距離はあまりにも近い。その距離がこれでもかってくらいに身体を火照らせて、でもなんでだか、やっぱり泣きたくなった。

「――傷は……ちゃんと、消えたの……？」

鈴川くんの震える声に、私は迷わずに微笑んで鈴川くんを見つめ返す。

「あの頃の傷痕はこれから先も、ずっと一生消えないと思う」

その言葉にくしゃり、と目の前の情けないくらいに優しい男の顔が、苦しそうに歪む。

やめてよ、そんな顔をさせたいわけじゃないのに。

でも、伝たいことを私の言葉で、ちゃんと伝えなくちゃ。

その顔を、私の言葉で変えなきゃ。

「今だって、本当にたまに、稀《まれ》に、ふと思い出しちゃって、真っ黒に渦巻くものが私の心を引っかき回すこともある。それが堪らなく苦しくて、嫌なのも事実」

微笑んだままの私とは違って、鈴川くんは眉を下げて、困惑の表情を浮かべる。

「それでもね、今ではこの傷痕は、私と同じ痛みに苦しむ人を助けるためにあるんじゃないかって、そう思えるの」

こんなに前向きな私にしてくれたのは鈴川くんなのに。

私のこの声を聞いて未だに泣きそうな顔をする彼に、冗談半分、不満半分の思いを込めてその頬をぐにーっと引っ張る。

鈴川くんは驚いた顔で、頬を引っ張る私の手を包み込むように自身の手を重ねてきた。

その手は、とっても温かくて、大きかった。

「……ゆひみゅりゃひゃん、いひゃい」

その間抜けな声に、思わず思い切り吹き出してしまった。大の大人が変な声を出さないでよ。

すると、鈴川くんはさっきよりも正真正銘、驚いた顔をした。

そして、ほんのちょっと泣きそうな顔で、濡れた瞳を細めて満足そうに口角を上げた。

それを不思議に思いながら彼を見つめる。

「……なに？」

私の問いかけに鈴川くんは柔らかく微笑んで私を見つめたまま低い声で囁く。

「ううん。ただ、雪村さんの笑った顔、初めて見たなって」

その優しい瞳に溺れそうになりながら慌てて平静を装う。

いつまで経っても鈴川くんの掴みどころのない雰囲気は健在らしい。

「そうだったっけ？」

そんなことを言いながら、私もちゃんと覚えていた。

鈴川くんに見せた顔に、笑顔なんて欠片もなかった。あの頃の私は笑顔を忘れてしまっていたから。

恥ずかしさで目を泳がせる私なんてお構いなしに、鈴川くんは私を見つめたまま、甘い表情のままゆったりと、形の良い唇を動かした。

「そうだよ。……雪村さんの、笑った顔、かわいい」

その爆弾にびっくりして条件反射のように鈴川くんを凝視してしまった。鈴川くんは恥ずかしがる様子もなく、私を見つめ静かに微笑んでいるだけ。

千鶴ちゃんが言っていた『天然タラシ野郎』のあだ名を思い出し、溜め息を吐き出した。

私はこの人に一体どれだけ振り回されればいいのだろう。

だけど、彼に振り回されるのはまんざらでもない。むしろ心が満たされるばかりだ。

自分の頬が熱く染め上がっているのを気づかれたくなくて、慌てて彼から顔を背けた。

「とにかく、そう思える日までに十年もかかってしまったけど」

でも、どんなに頬が赤く染まっていようとも、その顔を彼に見られることが恥ずかしくても、この言葉はちゃんと鈴川くんの目を見て言わなければならない。

「……傷痕は残ってるけど、もう、痛くないよ」

穏やかに微笑むだけだった鈴川くんの瞳が揺れて、すっと息を吸い込んだ。

「──きみのおかげだよ、鈴川くん」

私はスーツのポケットから黒の油性ペンを取り出し、十年前の隣り合う私たちの言葉の上に大きく〝君ありて仕合せ〟と書く。

チラリ、と横目で鈴川くんを見る。彼は私の文字を不思議そうに見つめているだけだ。

そんな鈴川くんに言葉の意味を、私の想いを、伝えるためにそっと口を開いた。

「しあわせには、巡り合わせ、運命って意味があるんだって。だから〝仕合わせ〟なの」

しあわせの語源は〝し合わす〟。つまり、異なるふたつが重なり合うこと。それが本当の意味。

だから仕合せには良い巡り合わせも、悪い巡り合わせも含まれている。

すべての巡り合わせがあったからこそ、私は鈴川くんと出逢うことができた。

そもそも私たちの関係に「幸せ」はあまりにもかわいすぎると思うのだ。幸運とか、幸福とか、その以前に私たちは涙を多くこぼしすぎた。

自分の大きな文字を人差し指でとんとんと軽く叩いて笑う。

「鈴川くんと巡り逢えた運命が私にとってのしあわせだった。だから、〝君ありて仕合せ〟」

「……っ」

そして私の言葉を聞いた瞬間、鈴川くんの瞳から、ツーと、ひと筋の涙がこぼれ落ちた。

それが、彼の感情の、すべてだった。

十年間のすべてだった。

私へのすべてだった。

そう感じ取れるほど、きれいな涙だった。優しさに満ちた、真っすぐな泣き顔だった。

「鈴川くんに話したいこと、数え切れないほど、溢れるくらい、山ほど、どんなに時間があっても足りないくらい、たくさん、いっぱい、あるんだよ」

私の言葉に彼は静かに涙をこぼしながら、何度も何度もうなずく。

彼の目元と鼻が涙のせいで赤くなっている。それは彼の変わらない優しさの、証だ。

鈴川くんは涙を流しながら、鼻を一度啜って、私に返事をする。

「これから、ゆっくり聞くよ。何回だって、何十回だって、これからずっと、雪村さんの目を見て、聞くよ」

そう、嬉しそうに、ただただ、泣き笑いする彼の涙を私の手で拭う。あの時、放送中の彼の涙は拭えなかったけれど、今はできるのだ。

たったそれだけのことが嬉しくて堪らない。

そうして、私の目元に伸びてきた鈴川くんの指が私の滴を拭ってくれたことで、自分が泣いていたのだと気づいた。

「……ねえ、鈴川くん」

こうして、言葉を交わせるのも、

「ん？」

瞳と瞳を見て、泣き笑いする顔を合わせられるのも、

「私、生きてて、よかったよ」

生きているから、できること。

鈴川くんは涙をこらえるように微かに震える下唇を噛み締めた。やっぱり涙でいっぱいの彼の瞳は今まで見たどんな瞳よりもきれいだと思った。

「これから先も、生きて、鈴川くんにくだらない話を、笑ってできるんだもの」

私が地に足を着けて、空気を吸って、ごはんを食べて、心臓を動かして、生きていたからこそ、できること。

「――ありがとう、鈴川くん」

そう言って鈴川くんに微笑んだ。彼は堪えきれなくなったように、ぐっと、私を引き寄せて、静かに抱きしめる。

「……雪村さん」

優しく落とされた鈴川くんの声はあの頃よりも低く、穏やかで、男らしい。

初めて触れる鈴川くんの温もりはあまりにも温かくて、優しい。

堪えきれずに、後頭部に回された鈴川くんの手は、私の存在を確かめるように、おそるおそる。けれど、絶対に失わないように力強く、それでいて壊れ物を扱うように

優しい。

ふたりの心臓は同じくらいの速さで、私は鈴川くんの温もりに泣きながら寄り添った。

しばらくしてからそっと離れて、お互いの涙を拭って笑い合う。

そのまま鈴川くんは私の頬をそっと撫でる。じわりじわりと触れられた部分から熱を帯びて、優しく注がれる眼差しに溺れてしまいそうになる。

「太宰治は『斜陽』という作品の中に『人間は恋と革命のために生まれて来たのだ』って言葉を残したんだ」

そう言った鈴川くんは私を見つめ、柔らかく目を細める。

「俺がその言葉を聞いて一番に思い浮かんだのは、雪村さん、きみだった。きみだけだった」

鈴川くんの熱を帯びた瞳はあまりにも真っすぐで、優しい。

「つまり俺は、きみと笑うために生まれてきたんだよ」

鈴川くんがふと間を空ける。

黙って彼を見つめて言葉を待つだけの私に、鈴川くんはほんの少しだけ緊張をはらんだ声を落とした。

「……海月」

不意に私の名前を呼んだその声はあまりにも優しく不器用で、私の心臓をぎゅうと甘く掴んだ。驚いて息を止めた私に鈴川くんはそっと微笑み、熱い瞳で私を射抜いた。

「これからも、どうか、俺の隣で笑って、海月」

真っすぐに向けられた思いに、私はもう一度、彼の胸に飛びつき涙をこぼして笑う。

「私の隣で笑ってね……飛鳥くん」

「喜んで、永遠に誓います」

泣き合って、笑い合って、隣でお互いを見つめ合って。

彼との十年越しの思いが、やっと今、重なった。


「……あ、放送忘れてた！」

そして、私の言葉にふたりで慌てて起き上がる。

私が急いで音楽をかけようとすれば、不意に私の手の上に彼の大きな手が重なって止められる。

「どうせなら、俺たちの話をしてみない？」

そうイタズラに笑うと、制服姿ではないスーツ姿の彼が、一瞬だけ、あの頃の鈴川くんに見えた。

——私を救ってくれた鈴川くんに。

くすっと笑った私を見て彼は、ブツン、と放送のスイッチを入れた。
ふたりがひとりぼっちだった放送室は、もう、ない。
《あ、あー……聞こえますか？》
私の隣には、彼がいて。彼の隣には、私がいる。
《おはようございます。鈴川飛鳥と申します》
そうして、鈴川くんと私の三十七分間の放送が始まる――。

Fin.

あとがき

はじめまして、灰芭まれと申します。

まずはこの場をお借りしてたくさんの方々に感謝の気持ちを伝えさせてください。

本作を最善の形で読者様に届けるために奔走してくださった編集者様、スターツ出版の皆様、素敵な表紙で本作を飾り付けて下さった高野 苺先生、今まで私と出逢ってくださったすべての方、そしてなによりも今こうしてこの文に目を通してくださっている貴方様に心から感謝いたします。

日々、私たちは命を削って生きています。その中で皆様のかけがえのない命の時間を本作に費やしてくださったこと、このご縁は私にとっての奇跡であり、宝物です。

本当に、本当にありがとうございます。

「この一冊が、わたしを変える。」

この言葉のおかげで私は私を変えることができました。

私だけではなく、このたったひと言に感化された方はたくさんいらっしゃるのではないかと思います。

今回書籍化させて頂くにあたり、いかに多くの方々の働きや熱意、愛のもとでこのひと言を支えているのかを実感することができました。だからこそ人を突き動かすような重みがあるのだと、とても勉強になりました。本作を読んでくださった方の中でたったひとりでも、心が優しい方向へ向いてくれたら嬉しいです。

「ありがとう」は「当たり前」の裏側に隠れているのだと、書籍化を通し学びました。たとえば、書きたい、読みたい物が「当たり前」に書けたり読めたりする場所は「当たり前」を生み出して下さっている方々がいるからです。

毎日はそんな「当たり前」で溢れています。そのことに気づかなくても困りません。それでも、そのことに気づくことで「ありがとう」で心が満たされることも確かです。

私たちが生きていることも、「当たり前」のように見えて「ありがとう」が溢れていると思います。皆様が生まれてから一秒も休まずに動き続けている心臓を、ありったけの「ありがとう」と幸せと愛で包み込んであげてください。

どんな些細なことにも感謝の気持ちは芽吹きます。そこから愛が生まれ、その愛が自分と誰かを幸せにするのではないかなと思います。

きっと鈴川と雪村はこれからそんな幸せな日々を送るのだと信じています。

皆様が幸せに目を細め微笑む日々を心から願っております。

最後までお付き合いいただき、ありがとうございました。

大好きな皆様に、愛を込めて。

二〇一八年一月　灰芭まれ

【参考文献】
福島地いわき支判H2・12・26判時1372・27
東京地判H3・3・27判時1378・26
東京高判H6・5・20判時1495・42
横浜地裁H13・1・15判時1772・63
東京高裁H14・1・31判時1773・3
横浜地横須賀支判H28・11・7（LEX／DB文献番号25544248）
福岡地判H14・8・30（LEX／DB文献番号28070682）
横浜地判H14・1・31（LEX／DB献番号28070588）
神戸地裁H28・3・30（LEX／DB文献番号25542832）
エミリー・バゼロン『ある日、私は友達をクビになった――スマホ世代のいじめ事情』高橋由紀子訳、早川書房
「いじめ問題、私はこう思う専門家3人に聞く／宮城県」『朝日新聞』、2017年6月2日、朝刊、P.22（聞蔵Ⅱビジュアル閲覧日：2017年6月18日）
「小さないのちいじめをなくすために」『朝日新聞』、2017年5月29日、朝刊、P.9（聞蔵Ⅱビジュアル閲覧日：2017年6月18日）

この物語はフィクションです。実在の人物、団体等とは一切関係がありません。

灰芭まれ先生へのファンレターのあて先
〒104-0031　東京都中央区京橋1-3-1　八重洲口大栄ビル7F
スターツ出版(株) 書籍編集部 気付
灰芭まれ先生

僕は明日、きみの心を叫ぶ。

2018年1月28日　初版第1刷発行
2018年3月10日　　　第2刷発行

著　者　　灰芭まれ　©Mare Haiba 2018

発行人　　松島滋
デザイン　カバー　河野直子
　　　　　フォーマット　西村弘美
DTP　　久保田祐子
編　集　　森上舞子
　　　　　中澤夕美恵
発行所　　スターツ出版株式会社
　　　　　〒104-0031
　　　　　東京都中央区京橋1-3-1　八重洲口大栄ビル7F
　　　　　TEL　販売部　03-6202-0386（ご注文等に関するお問い合わせ）
　　　　　URL　http://starts-pub.jp/
印刷所　　大日本印刷株式会社

Printed in Japan

ISBN　978-4-8137-0393-8　C0193

スターツ出版文庫　好評発売中!!

『きみに届け。はじまりの歌』　沖田《おきた》円《えん》・著

進学校で部員６人のボランティア部に属する高２のカンナは、ある日、残り３ヶ月で廃部という告知を受ける。活動の最後に地元名物・七夕まつりのステージに立とうとバンドを結成する６人。昔からカンナの歌声の魅力を知る幼馴染みのロクは、カンナにボーカルとオリジナル曲の制作を任せる。高揚する心と、悩み葛藤する心…。自分らしく生きる意味が掴めず、親の跡を継いで医者になると決めていたカンナに、一度捨てた夢――歌への情熱がよみがえり…。沖田円渾身の書き下ろし感動作！

ISBN978-4-8137-0377-8 ／ 定価：本体570円＋税

『僕の知らない、いつかの君へ』　木村《きむら》咲《さき》・著

アクアリウムが趣味の高２・水嶋慶太は、「ミキ」という名前を使い女性のフリをしてブログを綴る日々。そんな中、「ナナ」という人物とのブログ上のやり取りが楽しみになる。だが、あることをきっかけに慶太は、同じクラスの壷井菜々子こそが「ナナ」ではないかと疑い始める。慶太と菜々子の関係が進展するにつれ、「ナナ」はブログで「ミキ」に恋愛相談をするようになり、疑惑は確信へ。ついに慶太は秘密を明かそうと決意するが、その先には予想外の展開が―。第２回スターツ出版文庫大賞にて、恋愛部門賞受賞。

ISBN978-4-8137-0378-5 ／ 定価：本体540円＋税

『神様の居酒屋お伊勢』　梨木《なしき》れいあ・著

就活に難航中の莉子は、就職祈願に伊勢を訪れる。参拝も終わり門前町を歩いていると、呼び寄せられるように路地裏の店に辿り着く。『居酒屋お伊勢』と書かれた暖簾をくぐると、店内には金髪の店主・松之助以外に客は誰もいない。しかし、酒をひと口呑んだ途端、莉子の目に映った光景は店を埋め尽くす神様たちの大宴会だった!?　神様が見える力を宿す酒を呑んだ莉子は、松之助と付喪神の看板猫・ごま吉、お掃除神のキュキュ丸と共に、疲れた神様が集う居酒屋で働くことになって……。

ISBN978-4-8137-0376-1 ／ 定価：本体530円＋税

『70年分の夏を君に捧ぐ』　櫻井《さくらい》千姫《ちひめ》・著

2015年、夏。東京に住む高２の百合香は、真夜中に不思議な体験をする。０時ちょうどに見ず知らずの少女と謎の空間ですれ違ったのだ。そして、目覚めるとそこは1945年。百合香の心は、なぜか終戦直前の広島に住む少女・千寿の身体に入りこんでいた。一方、千寿の魂も現代日本に飛ばされ、70年後の世界に戸惑うばかり…。以来毎晩入れ替わるふたりに、やがて、運命の「あの日」が訪れる――。ラスト、時を超えた真実の愛と絆に、心揺さぶられ、涙が止まらない！

ISBN978-4-8137-0359-4 ／ 定価：本体670円＋税

書店店頭にご希望の本がない場合は、書店にてご注文いただけます。